岩 波 文 庫

31-052-2

新 編

みなかみ紀行

若山牧水著
池内 紀編

岩 波 書 店

目次

枯野の旅

○

乾きたる
落葉のなかに栗の実を
湿りたる
朽葉《くちば》がしたに橡《とち》の実を
とりどりに
拾ふともなく拾ひもちて
今日の山路を越えて来ぬ

長かりしけふの山路

楽しかりしけふの山路
残りたる紅葉は照りて
餌《え》に餓《う》うる鷹《たか》もぞ啼《な》きし

上野《かみつけ》の草津の湯より
沢渡《さわたり》の湯に越ゆる路
名も寂し暮坂《くれさか》峠

○

朝ごとに
つまみとりて
いただきつ

ひとつづつ食ふ
くれなゐの

酸《すっ》ぱき梅干
これ食へば
水にあたらず
濃き霧に巻かれずといふ

朝ごとの
ひとつ梅干
ひとつ梅干

○

草鞋《わらじ》よ
お前もいよいよ切れるか
今日
昨日

一昨日《おとつい》
これで三日履《は》いて来た

履上手《はきじようず》の私と
出来のいいお前と
二人して越えて来た
山川のあとをしのぶに
捨てられぬおもひもぞする
なつかしきこれの草鞋よ

○

枯草に腰をおろして
取り出《いだ》す参謀本部
五万分の一の地図

見るかぎり続く枯野に
ところどころ立てる枯木の
立枯の楢《なら》の木は見ゆ

路は一つ
間違へる事は無き筈《はず》
磁石さへよき方をさす

地図をたたみ
元気よくマッチ擦《す》るとて
大きなる欠伸《あくび》をばしつ

○

頼み来し
その酒なしと

この宿の主人《あるじ》言ふなる
破れたる紙幣とりいで
お頼み申す隣村まで
一走り行《い》て買ひ来てよ

その酒の来る待ちがてに
いまいちど入るよ温泉《いでゆ》に
壁もなき吹きさらしの湯に

明治 43 年頃の牧水(北原白秋画)

津軽野

青森駅を出ると直《す》ぐに四辺《あたり》の光景は一変した。右も左も茫々漠々《ぼうぼうばくばく》たる積雪の原を走って行くのである。汽車の中にはストーブが真赤に燃えていた。

窓のガラスが急に真白に輝くのに驚くと、汽車は小山の間に走り入っているので、其《そ》処《こ》の傾斜に積った雪が窓全体に映り輝いているのである。所によると五、六尺からの厚みを見せて雪の層の辷《すべ》り落ちたあとなどもあった。山間を出外《ではず》れると、今度は紫紺《しこん》の美しい空が映る。今朝は近来にない晴天で、空には我らが、夏にのみ見るものと思っていた雲の峰がその外輪だけを白銀色に光らせて浮んでいる。この雲もこの北国に来てから初めて見たものである。私の国などでは見られない。

大釈迦《だいしやか》駅に著《つ》くと、二人の青年が惶《あわただ》しく私の窓に走り寄った。五所川原《ごしよがわら》町から出迎えていてくれたのである。駅前の茶屋に休息して昼食を喰う。食前一杯を酌《く》み交《か》わしていると、いつのまにやら空は暗くなってばらばらと白いものが障子に打ちつけて来た。

橇《そり》を出して迎えるわけだったのだが、それには途の雪が少し浅くなった、馬車は橇よりもっとひどく揺れてとても乗られますまいから馬を用意して来ました、貴下《あなた》のお乗りになるのはあれで、加藤東籬さんの所の馬ですという。なるほど三疋《びき》の馬が怪しい西洋馬具を著《つ》けて軒下に繫《つな》がれている。

足駄《あしだ》を雪沓《ゆきぐつ》に履《は》き代《か》えた後、二、三人がかりで漸《ようや》く馬背に押し上げられた。臍《ほぞ》の緒《お》切って以来、馬というのに初めて乗るのである。初めは誰か馬の口を取る人がつくのだとばかり思っていた。いざ出立となって毛内《もうない》君が先頭、次が私、あとから林君が走ることとなったのだが、あに計《はか》らんや、どの馬も手放しである。両君は、特に毛内君は深く騎乗の心得があると見え、いい心持でとつとつと走らせる。大いに驚いたが、この場に及んでもう弱音も吹けなかった。それに騎馬で行くという事に子供らしい面白味をも感じ、いま飲んだ酒の酔《よい》も手伝って、ままよ落ちるなら落ちた時の事、と度胸をきめて手綱を取った。というより鞍《くら》を摑《つか》んだ。加藤東籬君、永い間の交際で今日初めて逢うはずの未見の友、その家に飼われたこの馬よ、希《ねが》くばその主人が為に遠来の客を跳ね飛ばす事勿《なか》れ、とひたすらに請《こ》い禱《いの》られながら……。馬は走る。わが尻は鞍上《あんじょう》せましと右往左往に上下する。

路はほどなく山に懸った。雪の深くなったのが眼立ってわかる。どの山もただ白々とただ丸々と相続いているのみで、これという森林も、寸分の地肌をも見る事は出来ない。山に続く大空も何となく低く低く垂れ下って来ているようで、思わず眉が引き締められる。

或る峠では途上の氷を切っていた、雪が凍《い》てて厚い氷となっているのである。三尺も四尺も切り抜いている所などあった。数人の人夫はこの異形《いぎょう》の三人を斧に杖つきながら見送っていた。馬はよく走った。ふとしては切りさしのまだ軟い雪の中に脚を踏み込んで前脚悉《ことごと》く埋れ去ることなどもあった。

私も初めの間は皆と口調を合せて大声に喋舌《しゃべ》り合って来たのであったが、いつしか口を噤《つぐ》んでしまった。二人の青年は、もう欣《よろこ》ばしくて耐《たま》らぬという風にあとになりさきになり馬に轡《くつわ》を嚙ませて、唄いつ叫びつして駈《か》け廻った。私が独り遅れてとぼとぼと山の峡間《はざま》を歩ませていると、思いもよらぬその向うの岨路《そばみち》から、急に晴れやかな笑い声の落ちて来ることなどあった。

上り坂幾町、沢から沢の九十九《つづら》折《おり》幾町(その間は最も雪が深かった)、漸く四辺《あたり》の空気の明るくなりそめたのを感じた時、私は思わず馬を引き停めた。疎《まば》らに雪を抜いて並んでいる落葉樹の梢《こずえ》を透かして、直《す》ぐこの山の麓から右にも左にも真向うにも、殆《ほと》んど眼の及ぶ限りに連《つらな》りわたった太平原が眼についたからである。他の二人も私と同じく馬を停めていた。そして両人一緒に指してこれが有名な津軽平原ですと教えてくれた。

いま我らの馬を立てている小さな山脈は丁度《ちょうど》この平原を両分する位置にあるように思われた。この麓からずうッと扇のように拡《ひろが》った雪の原は全く何方《どちら》にも際限《はて》がない。そしてその四方はひとしく深い煙のようなものに閉じられている。雪でも降っているのかもしれない。ただ遠く左手に当って高い嶺が、ひとつ古鏡のように輝いていた。岩木山だそうな。

下り坂が暫《しば》らく続いて馬は平地を走るようになった。いま眺めた津軽平野である。そして我らの前の一本の路のみ泥を帯びて細く続き、四望悉《ことごと》く真白に光った平である。諸所に雑木林《ぞうきばやし》と村落とがあった。

五所川原町にほど近くなった頃、路傍の林の蔭から二人の人が現れて帽を振るのに出会った。ア、加藤さんだ、加藤さんだ、といち早く馬上の人はそれを認めて叫んだ。私の胸は踊った。手紙の上だけではあったが互《たがい》に励まし励まされて来た永い間の尊い友人、その人といま初めて相見るのである。

なるほど、写真で見覚えた加藤君であった。私はただ帽子を取って頭を深く下げたのみ、何にも言う事が出来なかった。彼もまたそうであった。いま一人は、これも創作社の旧《ふる》い社友である原むつを君であることを知った。

馬を下りようとしたのであったが、とにかくそのまま宿まで行った方がよかろうというので、そのまままた我らだけ馬を駆《か》った。五所川原に入ったのは漸く薄暮《はくぼ》、四里半の難道を二時間余りで駆けたわけである。宿のツイ手前で馬を下りて、私だけ引返して加藤君らを迎えに行こうとしたのであったが、脚がまるで棒のようになっていてとても歩けなかった。宿は林旅館、林君の自宅である。其処《そこ》にはまた数多《あまた》の人が迎えていてくれた。和田山蘭君の弟霊光君もその中にいた。三階の大きな座敷にほッかりして坐っていると其処《そこ》の窓ガラスを通して例の真白な津軽平野の一部が見渡される。雪がまた盛んに降って来た。夜に入ると凄《すさま》じい風となった。

風呂から上ると十人あまりの人がめいめい銚子を控えて私を待っていた。何という晴々しいその顔色ぞ、私は直ちに雨のような盃を引受け引受け飲み干さざるを得なかった。ほどなく、唄が出た。いずれも津軽特有の唄であるそうだ。いかにも、単調を極めて、しかも何ともいえぬ哀愁を帯びた調子である。甲唄い、乙応じ、満座手を拍《う》ってこれに合すのである。所へ、俄《にわか》に調子外れの拍手が起った。私の隣に坐って、今までただ手をのみ拍《う》っていた加藤君が突如として声をあげたのである。彼生れて四十年の間、ただの一度も唄った事のない人であったそうだ。加藤さんが唄った、加藤さんが唄ったと満座の若い人たちは一斉に立上って手を拍《う》ち足を踏みならした。

ドダバ、エコノテデー、アメフリナカニ、カサコカブラネデ、ケラコモキネーデ。

彼は痩軀《そうく》をゆすりながら眼を瞑《と》じて繰返し繰返しこの唄を唄っている。その横顔を打《うち》眺《なが》めつつ私は心ひそかに彼が竹馬の友、いま東京にある和田山蘭を憶い起さざるを得なかった。

泣く如く加藤東籬が唄うたふその顔をひと目見せましものを

翌日、凍った雪を踏んで加藤・和田・林の三君と松島村に向った。松島村は同じく津軽平野の中の一部落、五所川原から約半道、何処《どこ》から何処《どこ》までとも区限《くぎり》のつかぬような、タモという榛《はんのき》に似た落葉樹と藁家とが点々と散在している寂しい村である。この村に加藤君も和田山蘭君も生れたのであった。

加藤君の家も旧《ふる》い藁葺家《わらぶきや》の一つであった。通された座敷の暗い広い中に立っていると加藤君が雨戸をあけた。軒から殆んど直ちに雪が続いて、縁より二、三尺も高く積っている。軒とその積んだ雪との隙間に僅《わず》かに空や庭樹が見える。今日はよく晴れていた。

同君の家は農家だが、同君自身は身体の弱いため、余り田畑などには出ないらしい。初めての挨拶をしに来て立ってゆくその細君のうしろ姿を見送りつつ、彼女がよく働いてくれますので……といつもの低い調子で彼は私に言い足した。何もないがこれらの御馳走もみな自分の家で作ったものばかりである、夏ならばもっと種々の野菜などがあるのだが……今度千五百坪ばかりの地面に梨と林檎《りんご》を植えることになった、それが実るようになったらその中に小屋を作って私だけはそちらに行ってしまうつもりです、とも彼は語った。今年十五歳になった長男をも、小学校を出ると農学校に入れてやはり百姓にするつもりです、とも附け加えた。

煤《すす》けた床の間には同じく煤けた沢山の書物が積んであった。この部屋で、彼のあの静かな静かな歌が今まで作られていたかと思うと、何ともいえぬなつかしさありがたさを覚えしめられた。昼頃から始まった酒はずッと夜まで続いたのであったが、別に酔うというでもなく、それからそれと湿《しめ》やかな話のみが続いて行った。

翌日、四月一日の朝もまたそんな風で昼になった。そしていつともなく細かな雨が降り出した。

「ホホ――、珍しいものが鳴く。」

私は縁側に出た、蟇《ひき》が近くで鳴いていたのである。こんな深い雪の中で何処《どこ》に忍んで鳴くのだろうと不思議であった。見渡す限り平らかな雪の中をあちこちと多くの人が橇《そり》を引いて歩いている。それは各自それぞれの田の雪の上に肥料を運んでおくのだそうだ。

　白雪のいづくにひそみほろほろとなきいづる蟇《ひき》か津軽野の春

　午《ひる》かけて雨とかはれるしら雪の原のをちこち肥《こえ》料運ぶ見ゆ

午後打連《うちつ》れて小字吹畑なる和田家を訪《と》うた。山蘭君の両親並びに一人だけ残しておいてある彼の長男を見舞わんためである。七、八町も行くとその家だ。何やらの落葉樹、松などが家を囲んでいた。彼が家は代々の神官職で、父君で十四代、山蘭君が帰れば十五代目になるのだという。

オー、と叫びながら阿父《おとう》さんは飛んで出ていきなり私の手を取られた。そしてそのまま座敷へ連れて、いや寧《むし》ろ引きずられて行った。阿母《おかあ》さんは、ただ畳に手をつかれたきり、涙でものが言えなかった。今年七歳になる夏男君は、東京の小父《おじ》さんが来るというので綺麗な著物《きもの》に著《き》かえていた。霊光君も、同君の兄で山蘭君の弟に当り今は出《い》でて他姓を継いでいる老一君もわざわざ来《きた》って、この席に加わっておらるる、全く水入らずの一座である。酒出《い》でて情緒いよいよ濃《こまや》か、厳父初め我ら一同、打揃って筆を執《と》って遥かに山蘭の健康を祝する意味の長い手紙を書いた。

阿父《おとう》さんまずつぶれ、次いで次ぎ次ぎに倒れて床に入った。眼がさめて考えると、私は三度も五度も阿父さんの荒鬚《あらひげ》のその口で接吻せられたようだ。今夜も風が屋根を揺《ゆす》って荒《すさ》んでいる。

汝《な》が父はさきくぞおはす汝《な》が母はさきくぞおはす汝がふるさとに

山上湖へ

五月三十一日、晴、のち雨。

昼飯の時、酒を一本つけてもらった。今度自分の手で出版する事になった或る友人の歌集が漸《ようや》く出来て来たので今朝からかかって寄贈先や註文先へ送る分を荷造りしていま郵便局へ持って行って来た所であった。この数日は何という事なく無闇《むやみ》に忙しかったが、永い間気になっていた歌集が漸く出来上り、送るべき先へは送ったりしたので、やれやれという気で一杯飲むことにしたのである。

家族たちは先に食事を済ましていたので自分独《ひと》り、其処《そこ》らの障子をあけ放ってちびちびと飲み始めた。きょうも燻《いぶ》ったような初夏の好天気で、庭前の樹に風が僅《わず》かに見え、垣根の雑草の中では雀の声が微《かす》かに起って、おりおり動くその姿も見えておる。大きい子供は遊びに出かけ、末の赤ん坊は部屋の隅に小さく睡《ねむ》り、妻と女中がその側で縫物をしておる。誠に近頃にない静かな気持で、一つ一つと盃を唇に運んで行った。

穏《おだや》かな酔《よい》が次第に身内に廻って来るとうつらうつらと或る事を考え始めていた。昨日東京堂から受取って来た雑誌代がまだそのまま財布の中に残っている事も頭に浮んで来て、とうとう切り出した。

「オイ、俺はちょっと旅行して来るよ。」

ちょっと驚いたらしかったが、また癖だ、という風で、

「何処《どこ》に……何日《いつ》から？」

妻はにやにや笑いながら言った。

「今から行って来る、上州がいいと思うがネ、……」

実はまだ行先は自分でもきまらなかったのである。印旛沼《いんばぬま》から霞ケ浦《かすみうら》の方を廻ってみたいというのと、赤城《あかぎ》から榛名《はるな》へ登って来たいというのと、この二つの願いは四辺《あたり》の若葉が次第に濃くなると共に私の心の底に深く根ざしていたのだが、サテいよいよそれを実行するというのは今のところちょっと困難らしく思われて、妻にも言いはしなかったのであった。

「Y―さんを訪ねるの？」

「ウム、Y―にも逢って来るが、赤城に登りたいのだ、それから榛名へ。」

と言ってるうちに急に心がせき立って来た。もうちびちびなどやっていられない気で、惶《あわ》てて食事をも片附けた。

「それで……幾日位《くら》い？」

為方《しかた》なしという風に立ち上った妻はいつも旅に出る時に持って行く小さな合財袋《がっさいぶくろ》を簞《たん》笥《す》から取り出しながら、立ったままで訊《き》いた。

「そうさネ、二日か三日、永くて四日だろうよ、大急ぎだ。」

そう言ってる間にいよいよ上州行に心が決って汽車の時間表を黒い布の合財袋から取り出した。上野発午後二時のに辛うじて間に合いそうだ。袴《はかま》も穿《は》かずに飛び出した。

「お急ぎなさい、直《す》ぐ出ます。」

という言葉と一緒に前橋までの切符を受取って汗みどろになりながらとある車室に飛び込んだ。いかにも、腰を下すか下さぬに一杯の人を積み込んだ黒いような汽車はごとりごとりと動き出した。

いつもの通り、赤羽を越す頃から漸《ようや》く心も落ちついて来た。鉄橋を渡ると汽車はまったく平原の中に出た。忘れていたが、今は麦の秋なのだ。黄いろく熟《う》れた、いかにも豊作らしい麦畑が眼の及ぶ限り連《つらな》って、二人三人と散らばった人影が其処《そこ》でも此処《ここ》でもひっそりと刈っておる。この辺は麦畑と水田とが次ぎ次ぎと隣り合い、それぞれの畔《あぜ》にはいま真青な榛《はり》の木立《こだち》が並《な》み立《た》っている。榛の蔭にはそれらのほかに間々《まま》馬鈴薯《ばれいしょ》の畑も交って、白々と花が咲いている。なお意外であったのは、とびとびの水田の中にもう苗を植えつけているのも見ゆることであった。車の揺るるに従って次第に静かになって来た心の底にはいつか遠い故郷の夏の姿が映って来た。同じく麦刈田植、やがては軒さきを飛んでいるちいさい蛍の姿なども。

麦畑の鈍い黄と、おちこちの木立を籠《こ》めた鈍い緑と、それらを押し包んで煙り渡っている今日の日光との奥の方に秩父山脈が低く長く横伏しておる。雲はあるがごとくなきが如く、風あるが如くなきがごとく、天も地も殆《ほと》んど同じような鈍い重い光の裡《うち》に眠って、走りゆくこの汽車さえも眠りながらに走っているかの思いがする。車中の蒸し暑い空気のなかには夏蜜柑《なつみかん》の匂いや女の髪の匂いがほのかに流れ、うつらうつらとしておる私のツイ前には居睡《いねむ》りがちの母親の膝に抱かれた赤児がおりおり泣いたり、笑ったりしておる。

が、神保原《じんぼはら》駅あたりから急に光景が一変した。そよそよとのみ車窓から吹き入っていた風が俄《にわか》に荒々しくなって来た。そしていかにもうすら冷たい。車の左右に靡《なび》いておる葉裏の白々しい光もまた冷たく変って、遠い野末《のずえ》の畑の上あたりには現に雨でも走っているかのようにほの白い土煙が長々と起っておる。次第に近くなって来た赤城《あかぎ》・榛名《はるな》あたりにはすっかり雲が懸《かか》ってしまった。そうこうしているうちに高崎駅に着いた。何となく心の騒ぐのを覚えて私は麦酒《ビール》を買い取りながら口移しに飲んでおると、汽車はまた進行を始めた。そして駅を外れると共に終《つい》に雨は落ちて来た。惶《あわ》てて締め切った玻璃戸《はりど》を射るそれは、ひとつひとつにシュッ、シュッという音をたてて斜めに烈《はげ》しく注いで来る。一時《いっとき》夕陽がうす青く射《さ》そうとした榛名・赤城にはいま眼に見えてその荒い雨の走っているのが見えて来た。利根《とね》の鉄橋を渡ると間もなく前橋駅に着いた。

改札口を出ると薄暗いような雨と風、罵《ののし》り交《かわ》す乗客と俥屋《くるまや》との応答など、すべて暴風雨中の光景である。その中から辛うじて一人の俥夫《しゃふ》を求めて、前橋市外下川原というへ急がせた。烈しい向い風の上に俥夫がかなりの老人であるために、俥はおりおり危うげに立ち止らねばならなかった。幸い雨は小降りになったので幌《ほろ》をば全部とりのけさせ、傘は無論さされないので濡《ぬ》れながら行く。しかもなお歩むに等しい足取である。漸く目的の一明館というへ辿《たど》り着いたが、この風雨を避くるためにまだ明るいのにすっかり雨戸が閉《とざ》してあった。

二階から降りて来たY―は私の顔を見て呆気《あっけ》にとられて驚いた。寧《むし》ろ途方に暮れたように私の冷たい手を握って、やがてその部屋に連れて行った。いつか近いうちに訪ねようとは言っておいたが、まさか今日とは思わなかったのだ。私としても思いがけぬ事であった。互いに笑顔を合せながら急には話の糸口すらも出て来なかった。何はともあれ、と言いながら彼は酒を持って来た。そして一口二口と話がほどけて行った。

「さア、困ったなア。」

と時計を見い見いさも困ったようにいう。何故《なぜ》、と訊《き》くと、きょうは土曜の夜の集会《あつまり》で、ちょっとでも教会に顔を出さねば悪いというのだ。それは無論行って来るがいい、と押し勧《すす》めて出してやった。出がけに言い置いて行ったと見え、宿の主婦が更に酒や肴《さかな》を運んで来た。雨はあがったらしいが、ひどい風だ。窓さきの木の葉の揉《も》まれに揉まれているのが、眼に見ゆるようだ。その中で蛙の声が遠くなり近くなりして聞えておる。とにかく東京から離れて来ている意識が漸く心に湧《わ》いて来る。

見るとさっぱりと片附けられた机の上には何やら青葉の広い草の鉢が置かれてある。鈴蘭《すずらん》らしいと覗《のぞ》くといかにも白い小さな花がその葉蔭に鈴なりに咲いている。旅から旅と渡りながらも読んで来たらしい種々の書籍が机の附近から床の間にずっと並べてある。

大抵《たいてい》は文学書類である中に大小幾種かの聖書や『露西亜《ロシア》語文法』などが混《まじ》っている。信濃の或る古駅《こえき》に於《お》ける旧本陣の家に生れ、同じ国の或る豪族の養子となって成長したが、二十歳の頃に家を出て「南へ、南へ」というようなことを考えながら東京から瀬戸内海の或る海浜に赴《おもむ》いて蜜柑《みかん》栽培を企《くわだ》て、それが漸くものになりかけるとまた今度は露西亜《ロシア》行を思い立った。そしてその足場としてまず朝鮮の京城に渡った。其処《そこ》で羊羹屋《ようかんや》をやったり新聞記者をしたりしている間に終《つい》に身体を壊して内地に帰って来た。そして何の先《さき》触《ぶれ》もなく私の家へ憔悴《しょうすい》した旅姿を現したのはツイこの三月の末であった。そうなっても郷里へ帰るのを嫌って、この前橋にいる或る西洋人の日本語教師となって直《す》ぐこの土地へ来たのであった。私と知合《しりあい》になったのはまだ彼が十七、八歳の頃であった。

「君は一体いま幾歳《いくつ》になったのかネ？」

また降り出した雨にびっしょり濡《ぬ》れながら帰って来た彼の顔を見ると私は問うた。

「二十……八かナ、九かナ、……、何故《なぜ》？」

「何故でもないが……」

寝るのが惜しくてずっと遅くまで話した。非常に冷える夜で、火鉢には断《た》えず火を真赤に起しながら。

六月一日、快晴。

自宅に寝ている気で眼を覚すと、椋鳥《むくどり》らしい声や雀の啼《な》くのがたいへん身近に聞えておる。漸く意識がはっきりして来ると共に、寝ながら片手を延ばせば戸の開かれそうな所に窓のあるのを知った。半身を起してそれを開く。桜の大きな青い枝が直ちに窓を掩《おお》うていた。その向うにも同じく三、四本うす暗く続いて、やがて松の木立となっている。そして雀は桜に、椋鳥は松の梢《こずえ》に群《む》れているらしい。見たところ、素敵《すてき》な天気だ。長い髪を枕に垂《た》らして熟睡《じゆくすい》している友の蒼《あお》い顔を暫《しばら》く見ていたが、桜の葉に落ちて来る日光の茜色《あかねいろ》が次第に鮮《あざや》かになるのを見ると耐え兼ねてまず私は起き上った。薄暗い廊下に出て其処《そこ》の雨戸を一、二枚繰《く》りながら驚いた。眼の前を大きな利根川が流れておる。広い川原の中に白々とした荒い瀬がしらを見せながら流れておる。そして、その遠景をなす山々の驚くべき眺めよ！

ずっと右手寄りに近いのは直ぐ榛名《はるな》と解る。その次の円々《まるまる》しい頂を見せた高山は疑いもなく浅間《あさま》であらねばならぬ。見よ、その頂上にしっとりと纏《まとわ》り着《つ》いて僅《わず》かに端を靡《なび》かせた白い噴煙を。浅間に懐《いだ》かれたような風になって寂しい一つの山が立つ。妙義《みようぎ》である。

それからずっと左手にかけて、殆《ほと》んど眼界の及ぶ限りに押し並んだ一列の山脈、滴《したた》るような朝日の蔭に鮮《あざや》かな墨色を流して端然と続いている。手前の、わけても墨色の濃いのは秩父らしい。その奥に、ずっと奥に、純白な雪を被《かぶ》って聳《そび》えているのは、サテ何処《どこ》の山だろう。信濃か、甲斐《かい》か、と頭の中に地図をひろげている所へ、背の高い友が来て立った。

友もその山をば知らなかった。ただ甲州のずっと奥、寧《むし》ろ西南部に位置する辺らしいという。

「よく晴れましたねエ、こんな事は僕がこちらに来てから幾度もありはしません。昨夜の暴風雨のせいですね。」

と言いながら、

「見えますよ、蓼科《たてしな》が。」

「え、何処《どこ》に?」

なるほど、浅間・妙義のやや左、墨色の群山の奥に、見覚えのあるその山の嶺が僅かに見ゆる。其処《そこ》にもほのかに雪が輝いていた。

顔を洗いに庭に降りた。庭はかなりに広く、木立が深い。そして川端であるせいか、庭の中の二カ所から清水が湧いている。一つはやや傾斜をなした上手《かみて》の方に湧くので自《おの》ずとそのまま庭の中を小さな流《ながれ》となって下っている。庭の種々の木立の蔭いちめんに美女桜という愛らしい草花が咲き乱れて、その他にも薔薇《ばら》や小田巻《おだまき》などが水に沿うて咲いている。葵《あおい》の蕾《つぼみ》ももう大きい。大きな柘榴《ざくろ》の木が三、四本、それにも鮮紅な花が見ゆる。

実はその朝直《す》ぐ赤城に登るつもりであった。が、妙に気分が重く、頭も痛み、咽喉《のど》も怪しい。額もかなり熱い。それに友人が憤ったように留めるので、その日一日を其処《そこ》に留《とど》まる事にする。朝食後、一時間あまり附近の川原から公園の方を散歩する。今日が鮎漁《あゆりょう》の解禁日だというので、川の上下にそれらしい人が多く見えていた。かつ朔日《ついたち》であるために附近に多い製糸や織物工場の工女たちが白粉《おしろい》を塗り、晴着を着て広い川原で遊んでいた。日曜学校の方をも助《す》けている友人は途中から其処《そこ》へ出勤し、自分だけ宿に帰る。書籍を引出して読みかけたが、どうも頭が痛むのでやがて蒲団《ふとん》を被《かぶ》って寝る。

夕方、二人して散歩に出る。友人が常に来て遊ぶという林へ行った。川端で、誠にいい林だ。アカシヤのみの林もあり、楢《なら》や松の雑木林《ぞうきばやし》もあった。それからなお川沿いに歩いて或る川魚料理の茶屋に入った。が、あてにして来た鮎はなくて、その代り鯉《こい》を種々に料理させて喰べた。夕陽の蔭に真向いの榛名山が紫紺《しこん》の色に浮び、やがてはその上に二つ三つの大きな星と共に五日頃の月が出て、渦巻き下る川瀬の波は光と影とをなめらかに織りなしていた。

六月二日、晴。

晴れてはいるが、昨日のように鮮かに山影を眺むる事は出来なかった。中天のみ蒼く、四方は淡く煙っている。庭の草木の色はそれだけに瑞々《みずみず》しく、柘榴《ざくろ》の花や柿若葉の間を軽やかに燕《つばめ》が飛び、小さな井手の流《ながれ》を距《へだ》てた水田からはいちめんに蛙の声が起っている。まだ咽喉《のど》と頭とが痛い。非常に忙しいはずの間をこうして空《むな》しく費しているのは何となく心に済まず、赤城登りをばまたに延ばして今度はこのまま東京に引返そうと思った。が、折角《せっかく》来たのにもう一日延《のば》してごらんなさい、というY―君の言葉に引かされてまた思い留《とど》まる。彼の出勤したあと、蒲団など出して見たが寝ているのも辛く、今度は黙って通り過ぎようと思っていた萩原朔太郎君を訪ねて行く。萩原君とも久しぶりであった。前橋市は一体に水の豊かな所らしく、同君の寂《さ》びた庭にも清い流が通っている。その水際には虎耳草《ゆきのした》が真白に咲き、ゆずり葉《は》の老木が静かに日光を遮《さえぎ》っている。その庭の流を聞きながらとうとう半日語り続け、昼飯を馳走になってから帰る。帰る途中、思いがけずW―君に出会った。同君はわが創作社の旧《ふる》い社友で、早稲田を出ると共に横浜の某《ぼう》商館に勤めているとのみ思っていたのに此処《ここ》で会うのは意外であった。阿母《おかあ》さんが近く亡くなられて急にこちらに帰っているのだそうだ。思い出せば、前橋は彼の故郷であった。帰って、お医者である萩原君の阿父《おとう》さんから頂いて来た薬を飲んでぐっすりと夕方まで寝る。

夜に入ってW―君と萩原君と前後して訪ねて来てくれた。W―君は何処《どこ》ぞへ出て久しぶりにゆっくり飲もうと頻《しき》りに勧めてくれるけれど、一生懸命我慢《がまん》して用心する。

六月三日、曇、晴、のち雨。

いくらか熱もあるし、運悪く曇って来たが、思い切って登る事に決心する。ただ赤城へは此処《ここ》から七里ほど歩かなくてはならぬ。榛名ならば伊香保《いかほ》まで電車でゆき、あと山上の湖まで二里の路だというので、赤城をばまたの時に思い残しまず榛名へ登る事にする。今度目ざして来た山上湖は赤城の方が遥かにいいのだそうだ。その電車までY―君に送られ、何となく心細い気持で赤城の麓を廻りながら渋川で乗り換え、伊香保に向った。この辺は昨年の秋、利根の上流へ行った時通った記憶がまだ新しい。渋川から伊香保まで登ってゆく歩みの遅い電車の左右は全く若葉の世界である。東京附近よりは一月《ひとつき》近くも季節が遅いらしく、若葉の色もまだ柔《やわら》かで、まま藤の花が見え、山畑の隅には桐が咲いている。赤城《あかぎ》躑躅《つつじ》とでもいうのか真紅のそれは随所に咲き盛っていた。

伊香保をば足早に通り過ぎた。この身体では折角《せっかく》の温泉にも飛び込む勇気がないからである。それでも町端《まちはず》れの茶店に腰かけ熱燗《あつかん》を一杯引っかけて勇気をつけ、いよいよ尻を端折《はしょ》って出かけた。家並《やなみ》を出はずれると、忽《たちま》ち山路になった。そして、深い青葉若葉の茂みのなかから種々様々な鳥の声がいっせいに降って来た。

今度無理をして山へ山へと念じて来たのも実はこの鳥の声が聞きたいからばかりであった。私は山深い所に生れて幼くからこの深山の鳥のさまざまな声に親しんで来た。そして、どうしたものか、春の鳥より秋から冬へかけての鳥の声よりもこの若葉の頃に啼《な》く鳥に深く心を惹《ひ》かるる習慣をつけて来た。初夏の風物は一体に私は好きであるが、眼前の若葉の色の悩ましいのを見るにつけてまず思い出さるるは山深く棲《す》む種々な鳥の声である。昨年も丁度《ちょうど》この頃、私は山城《やましろ》の比叡山《ひえいざん》に登っていた。十日ほど其処《そこ》の山寺に籠《こも》りながら朝夕に啼くその声々を聴いてほんとにどれだけ心を澄まし魂を休ませたであったろう。日もささぬ木立の深いなかで眼を瞑《つぶ》ってそれに耳を傾けていると、久しく忘れていた「自分」というものに思わずも邂逅《めぐりあ》ったような哀《かな》しさ楽しさを沁々《しみじみ》と身に覚えたのであった。痛いようなその記憶がこの季節と共にまざまざと私の身に帰って来た。そして心の渇《かわ》くようにひたすらに山が恋しくなったのであった。その望みはまず達せられた。踏みしむる路は微《かす》かに湿りを帯び、眼上の峰、見下す渓間《たにま》は萌え立った若葉に渦巻き、種々様々の名も知らぬ鳥の諸声《もろごえ》は其処《そこ》から此処《ここ》からと溢《あふ》れ出て私の身を刺して来るのである。歩調を緩《ゆる》めて歩きながら私はこの頃に珍しい緊張と満足とを覚えていた。しかしそれら小鳥の声ではまだ充分には安心出来ぬ何物かを心に持っていた。

その若葉の渓《たに》、闊葉樹《かつようじゅ》の林は長くは続かなかった。やがて松や落葉松《からまつ》が井条風《せいじょうふう》に植え込まれたまだ年若い植林地帯に辿《たど》りかかった。深山らしい小鳥の声もそれと共に尽きて、僅《わず》かにとびとびの松の梢に頬白鳥《ほおじろ》の啼くのが聞えていた。曇りは晴れて、燻《いぶ》った日光が山から射して来た。路は渓とも分れて、無辺際《むへんざい》とも思わるる広い乾き切った松林や落葉松林の間に入ったのである。用心のために前橋の友人から借りて着込んで来た冬シャツや肌着から終《つい》には羽織の裏までも湿る位《くらい》に汗が湧いて来た。

或る真直ぐな長い坂の中途であった。ふと私は自分の耳に通じて来る或る声を聞いた。立ち留って耳を澄ましていると、やがてその声は続いた。くわっくわう、くわっくわう、

くわっくわう、かっこう、かっこう――まさしく彼《あ》の声である。郭公《かっこう》の啼く声である。

「あ――」

と思わず私は息を飲んだ。そして眼を瞶《みは》ってその声の方角を探《たず》ぬるとなだらかな傾斜を帯びた山肌が大きくいくつも起伏して先から先へと続いている。淡い日光を浴びた稚《わか》松《まつ》の林は色さえも何となく薄赤みを帯びてただ寂然《じゃくねん》とひそまっておる。寂しい声は浅い海のようなその林の何処《どこ》からか起って来るのだ。

「あ――、あ――」

私は呻《うめ》くように幾度か低く声に出して、身体の何処《どこ》からともなく湧いて来る感動を抑えた。そして、強《し》いて心を静かに保ちながら白茶けた坂を登って行った。

「ほったんかけたか、ほったんかけたか！」

こうした烈《はげ》しい啼声《なきごえ》がまた突然私の頭上を通り過ぎた。

杜鵑《ほととぎす》である。しかもツイ私の身近に落ちてその声は停《とま》った。

「ほったんかけたか、ほったんかけたか！」

やがてまた直ちに続いた。よく透《す》かせばその姿も見えそうに思われる所からである。

私はひっそりと路傍の青い草の上に坐り込んだ。

「ほったんかけたか、ほったんかけたか！」

「くわっくわう、くわっくわう、……」

私は終《つい》に仰向《あおむ》けに草の上に身を延ばした。そして双方の掌《てのひら》をきつく顔の上に置きながら眼を閉じた。

二つの声は、一つは近く一つは遠く、時にはかたみがわりに、時には同時に、間断なしに聞えて来た。何ともいえぬ静寂と光明とがその声に聴き入っている私の身辺をしっとりと包んで来た。山はただその鳥の声のためにかすかに呼吸《いき》づき、ひそまり返っている四辺《あたり》の松の木はただそのためにほのかに光を放っているようにのみ私には思われて来た。ああ、鳥は啼く、鳥は啼く。

私はまた更《さら》なる鳥を聞いた。釣瓶打《つるべう》ちに打つような、初めなく終りもないやるせないその声、光から生れて光の中へ、闇から闇へ消えてゆくようなその声、筒鳥《つつどり》の声である。

多くの鳥の中で筒鳥と、郭公《かっこう》と、而《そ》して杜鵑《ほととぎす》と、この三つの鳥はいつからとなく私の心のなかに寂しい巣をくっていた。私の心が空虚になる時、私の心が渇《かわ》く時、彼らは啼いた。私の心がさびしい時、あこがるる時、彼らは啼いた。私の心が何かを求めて動く時、疲れて其処《そこ》に横《よこた》わる時、彼らは私と同じい心に於《おい》て私の心にそのまことの声を投げてくれた。それら私の心の親友どもは、いま、明るい日光の、匂い煙る松の林の、こうしている私の眼の前で声を揃えて啼いている。ああ、まことに啼いている。

私は非常に疲れて起き上った。眩《まぶ》しい日光に何となく羞《はずか》しさを覚えながら酔った者のようにふらふらと歩き出した。鳥どもは遠く離れ離れになりながらまだ啼いている。一時の昂奮の去った後に聞く彼らの声は、更にまた別種の寂寥《せきりよう》を帯びて其処《そこ》から彼処《かしこ》からと聞えて来るのである。疲れながら、私はやや足を急がせた。そしてほどなく或る意外な光景を見出した。

伊香保から山上の湖まで二里というこの二里の山路はただひたすらに登るものだとのみ考えていた。そしてかれこれもう一里余り来たであろうかという時、或る峠らしい場所に達した。急ぎ足にその峠を過ぎようとして、驚いた。思いもかけぬ平原が広々と其《そ》処《こ》から前方にかすかな傾斜を保ちながら打ち開けていたのである。平原の四方には、四つ五つの鋭い峰が多くは頂上の岩を露《あら》わしながら各自独立して聳《そび》えておる。その中で最も高く見ゆるのがその形から推して榛名富士と呼ばるるものであろう。おもうにこの平原は古《いにし》えの大噴火口の跡で、その火口が次第に狭まりながら幾カ所にも分れて火を噴くようになり、その一つ一つが峰となって残り、この榛名富士の一峰がその最後まで活動していたものであろう。こうした火山の形を私は阿蘇《あそ》火山に於《おい》て見た事がある。阿蘇は現に煙をあげているが死火山としてのこの山の頂上に登って来て私は図《はか》らずもこの寂しい平原を見出したのである。原の夏はまだ極めて浅いものであった。白茶けた熊笹《くまざさ》が茂り、去年の草の蔭に僅かに青みを見せて雑草が萌え、その間に柏と見ゆる老木が諸所に散らばって、漸く芽を吹こうとしておる。ただこれのみは鮮かな躑躅《つつじ》の花がそれら熊笹や枯草の間にちりぢりに燃えているがこれとてもまだ蕾《つぼみ》がちであるらしい。見渡す限り、ただ茫漠《ぼうばく》たる原の上にこれはまた夥《おびただ》しい雲雀《ひばり》の声である。よく聞けばその声は天からのみならず地よりも起る。人を怖《おそ》れぬ山上の雲雀たちは強《あなが》ちに蒼天《そうてん》高くまい昇らずとも親しいその巣に籠《こも》りながら心ゆくばかり各自の歌をうたうことが出来るのであろう。ぼんやりとこの景色に見恍《みと》れていた私はそれら夥しい雲雀のなかに混《まじ》って聞えて来る例の声、郭公《かっこう》の声を聞いた。首を垂れて聞いているとそれはこの広い野の端の方から起って来る。煙り渡った薄雲は静かに原一面の上に垂れて、雲に射し原に照る日の光もあたかも煙のようである。とびとびに立つ裸山、その嶺の険しい岩、それらの山に囲まれた大きな窪みをなすこの寂しい原、この原の何処《どこ》にひそんで彼《か》の鳥は啼くか。聴き入ればその声すらも、今はまた煙のごとくに原のおちこちを迷うているのである。

原の中央を貫《つらぬ》いて私の歩む路は真直ぐに続いている。ぼんやりと一里近くも歩いて行くと、やがて白々しい光を帯びて榛名富士の根がたに低く湖が見えて来た。落ちついた心に静かに湖の汀《みぎわ》を囲んで茂っている木立を眺めていると、或る一カ所に一軒もしくは二軒の人家がほの白く建っているのを見出した。それはまさしく今夜ゆっくりとこの疲れた身体を眠らすべき旅宿湖畔亭であらねばならぬ。

水郷めぐり

約束したようなせぬような六月廿五日に、細野君が誘いにやって来た。同君は千葉県の人、いつか一緒に香取《かとり》・鹿島《かしま》から霞《かすみ》ヶ浦《うら》あたりの水郷を廻ろうという事になっていたのである。その日私は自分の出している雑誌の七月号を遅れて編輯《へんしゅう》していた。何とも忙しい時ではあったが、それだけに何処《どこ》かへ出かけたい欲望も盛んに燃えていたので思い切って出懸《でか》くる事にした。でその夜徹夜してやりかけの為事《しごと》を片附け、翌日立つ事に約束した。一度宿屋へ引返した細野君はかっきり翌廿六日の午前九時に訪ねて来た。が、まだ為事が終っていなかった。更に午後二時までの猶予を乞い大速力で事を済ませ、三時過ぎ上野着、四時十八分発の汽車で同駅を立った。

三河島を過ぎ、荒川を渡る頃から漸《ようや》く落ち着いた、東京を離れて行く気持になった。低く浮んだ雲の蔭に強い日光を孕《はら》んでおる梅雨晴の平原の風景は睡眠不足の眼に過ぎるほどの眩《まぶ》しい光と影とを帯びて両側の車窓に眺められた。散り散りに並んだ真青な榛《はん》の木《き》、植えつけられた稚《おさな》い稲田、夏の初めの野菜畠、そして折々汽車の停る小さな停車場には蛙の鳴く音《ね》など聞えていた。

手賀沼《てがぬま》が、雑木林の間に見えて来た。印旛沼《いんばぬま》には雲を洩れた夕日が輝いていた。成田駅で汽車は三、四十分停車するというのでその間に俥《くるま》で不動様に参詣《さんけい》して来た。此処《ここ》も私には初めてである。何だか安っぽい玩具のような所だと思いながらまた汽車に乗る。漸く四辺《あたり》は夜に入りかけて、あの靄《もや》の這《は》っているあたりが長沼ですと細野君の指さす方には、その薄い靄のかげにあちこちと誘蛾燈《ゆうがとう》が点《とも》っていた。終点の佐原《さわら》駅に着いた時は、昨夜の徹夜で私はぐっすりと眠っていた。揺り起されて闇深い中を俥で走った。俥はやがて川か堀かの静かな流《ながれ》に沿うた。流にはいくつかの船が泊っていて小さなその艫《とも》の室には船玉様に供えた灯がかすかに見えていた。その流と利根川と合した端の宿屋川岸屋というに上る。二階の欄干に凭《よ》ると闇ながらその前に打ち開けた大きな沼沢が見渡されそうに水蒸気を含んだ風がふいて、行々子《よしきり》が其処此処《そここ》で鳴いている。夜も鳴くということを初めて知った。風呂から出て一杯飲み始めると水に棲《す》むらしい夏虫が断間《たえま》なく灯に寄って来た。

六月廿七日。近頃になく頭軽く眼が覚めた。朝飯を急いで直《ただち》にそこから一里余の香取神社へ俥《くるま》を走らせた。降ろう降ろうとしながらまだ雨は落ちて来なかった。佐原町を出《で》外《はず》れると瑞々《みずみず》しい稲田の中の平坦な道路を俥は走る。稲田を囲んで細長いようないくつかの丘陵が続き、その中にとりわけて樹木の深く茂った丘の上に無数の鷺《さぎ》が翔《かけ》っていた。其処《そこ》が香取の森であると背後から細野君が呼ぶ。

参拝を済ませて社殿の背後の茶店に休んでいると鷺《さぎ》の声が頻《しき》りに落ちて来る。枝から枝に渡るらしい羽音や枝葉の音も聞える。茶店の窓からは殆《ほと》んど真下に利根の大きな流《ながれ》が見えた。その川岸の小さな宿場を津の宮といい、香取明神の一の鳥居はその水辺に立っているのだそうだ。実は今朝佐《さ》原《わら》で舟を雇ってこの津の宮まで廻らせておき、我らは香取から其所《そこ》へ出て与田浦・浪逆《なさか》浦を漕《こ》いで鹿島まで渡るつもりで舟を探したのだが、生憎《あいにく》一艘《そう》もいなかったのであった。今更残念に思いながら佐原に帰り、町を見物して諏訪神社に詣《もう》でた。其処《そこ》も同じく丘の上になっていて麓に伊能忠敬の新しい銅像があった。

川岸屋に帰ると弁当の用意が出来ていて、時間も丁度よかった。宿のツイ前から小舟に乗って汽船へ移る。宿の女中が悠々として棹《さお》さすのである。午前十一時、小さな汽船は折柄《おりから》降り出した細かな雨の中を走り出した。大きな利根の両岸には真青な堤が相並んで遠く連《つらな》り、その水に接する所には両側とも葭《よし》だか真《ま》菰《こも》だか深く浅く茂っている。堤の向側はすべて平《たいら》かな田畑らしく、堤越しに雨に煙りながら聳《そび》えている白楊樹《ポプラ》の姿が、いかにも平かな遥かな景色をなしている。それを遠景として船室の窓からは僅《わず》かに濁った水とそれにそよぐ葭と両岸の堤とそれらを煙らせておる微雨《びう》とのみがひっそりと眺めらるる。それを双方の窓に眺めながら用意の弁当と酒とを開く。あやめさくとはしおらしやというその花は極めて稀にしか見えないが堤の青草の蔭には薊《あざみ》の花がいっぱいだ。

午後二時過ぎに豊津着、其処《そこ》に鹿島明神の一の鳥居が立っている。神社まで一里、雨の中を俥《くるま》で参る。鹿島の社は何処《どこ》か奈良の春日に似ている。背景をなす森林の深いためであろう。かなりの老木が随分の広さで茂っている。その森蔭の御手洗《みたらし》の池は誠に清らかであった。香取にもあったが此処《ここ》にもかなめ石というがある。いくら掘ってもこの石の根が尽きないと言い囃《はや》されているのだそうな。岩石に乏しい沼沢地方の人の心を語っているものであろう。此所《ここ》の社も丘の上にある。この平《たいら》かな国にあって大きな河や沼やを距《へだ》てた丘と丘との対《むか》い合って、こうした神社の祀《まつ》られてあるという事が何となく私に遥かな寂しい思いをそそる。お互いに水辺に立てられた一の鳥居の向い合っているのも何か故のある事であろう。

豊津に帰った頃雨も滋《しげ》く風も加わった。鳥居の下から舟を雇って潮来《いたこ》へ向う。苫《とま》をかけて帆をあげた舟は快い速度で広い浦、狭い河を走ってゆくのだ。ずっと狭い所になるとさっさっと真菰《まこも》の中を押分けて進むのである。真みどりなのは真菰、やや黒味を帯びたのは蒲《がま》だそうである。行々子《よしきり》の声が其所《そこ》からも此所《ここ》からも湧く。船頭の茂作爺《じい》は酒好きで話好きである。潮来の今昔を説いて頻《しき》りに今の衰微を嘆く。

川から堀らしい所へ入っていよいよ真菰の茂みの深くなった頃、或る石垣の蔭に舟は停まった。茂作爺の呼ぶ声につれて若い女が傘を持って迎えに来た。其所《そこ》はM―屋という引手茶屋であった。二階からはそれこそ眼の届く限り青みを帯びた水と草との連《つら》りで、その上をほのかに暮近い雨が閉《とざ》している。薄い靄《もや》の漂っておる遠方に一つの丘が見ゆる。其所《そこ》が今朝詣でて来た香取の宮であるそうな。

何とも言えぬ静かな心地になって酒をふくむ。軽らかに飛び交しておる燕《つばめ》にまじっておりおり低く黒い鳥が飛ぶ。行々子《よしきり》であるらしい。庭さきの堀をば丁度《ちょうど》田植過の田に用いるらしい水車を積んだ小舟がいくつも通る。我らの部屋の三味《しゃみ》の音に暫《しばら》く棹《さお》を留めて行くのもある。どっさりと何か青草を積込んで行くのもある。

それらも見えず、全く闇になった頃名物のあやめ踊りが始まった。十人ばかりの女が真赤な揃いの着物を着て踊るのであるが、これはまたその名にそぐわぬ勇敢無双の踊であった。一緒になって踊り狂うた茂作爺は、それでも独り舟に寝に行った。

翌朝、雨いよいよ降る。

吾妻の渓より六里が原へ

午前正五時に立つはずであった馬車は三十分ほど遅れて中之条町を立った。古びた町はまだ霜に眠っていた。そして高原の一筋町を出外《ではず》れると軽い下りになった坦道が心地よく桑畠の中を走っているのであった。左手近くに吾妻川《あがつまがわ》が流れているらしいが、桑畠の端に隠れて見えない。川の向岸に連《つらな》っている山裾には霧が白く靡《なび》いて、滝の音が寒々と起っている。

風が寒いのでひしと締め廻した馬車の幌《ほろ》に、やがてほんのりと茜色《あかねいろ》の日が射して来た。今日も静かな秋晴らしい。乗合客は私と共に三人であった。一人は身なりの立派な商人風、一人は土地の者らしい内儀で、共に四十歳前後の人たちであった。馬丁《ばてい》は二人ついていた。そういう土地の規則なのだか、偶然に一人は乗り合せたのだか、二十歳そこそこの二人が真丸く寄り合って御者台《ぎよしやだい》に乗っていた。日の光が次第に強くなって来るに従って今までただ黙々と走っていた馬車の内と外とで種々の談話が交わされるようになった。内儀風の女と馬丁たちとは知合《しりあい》だと見えて、初めから折々何やら問いつ問われつしていたが、そのうち何かの拍子で商人風の客が草津温泉の事を尋ねたのがもとで話は暫《しばら》くその温泉で賑《にぎわ》った。草津温泉には此処《ここ》から近いため馬丁も内儀もなかなか其処《そこ》の事情に詳しかった。ことに内儀はその草津に生れたのだそうだ。一体に湯が荒い事、中には三分間を限り辛うじて入っておられるような湯もある事、それだけによく利いて皮膚病骨の病気または脳病癩病などには嘘《うそ》のようによく利くというような事から癩病患者ばかり寄って入湯している一部落の話が出た。其処《そこ》は山の一段落込《おちこ》んだ沢となっており其《そ》処《こ》に限り彼らの入浴が許されてあるが、不思議にこの病気に罹《かか》る者は金を持っているので自然町としてもこの部落を重んぜねばならぬ事になっている。中にはまた金に目が昏《く》れたかそれとも知らず知らず気心が通ずるのだか病人と知りつつ一緒になって、人目を盗みながら山を出て行く土地の娘のいる事なども話し出された。話はやがて其処《そこ》に最も多い梅毒患者の上に移って行った。其処《そこ》に行くのは大抵二期とか三期とかかなり病勢の進んだものに多いのだが、そうでなくとも多少その気《け》のある者は入湯するなり直ちに局部から腋《わき》の下首筋などが爛《ただ》れて来る。爛れ切るまでに三週間を要し、それからはまた次第に療《なお》って乾いて行く。乾き切るまでがほぼ二週間、まず草津の入湯期間は普通この五週間と見られてあるのだそうだ。ひどいのになると手も足も動かす事が出来なくなり、人手によって浴場にも運ばるるようになる。そういう浴客のために土地には看護婦とも湯女《ゆな》ともつかぬ女がいて招きに応じて介抱する事になっている。

「そうなるとまたその女と客との間にいろんな事が起るだろうね。」

商人は中途で口を入れた。

「そうですね、そんな話は余り聞きませんけれど何しろ深切《しんせつ》なものだそうですよ、もっともお金も沢山とるそうですが……少し乾きかけて来たお客などは痒《かゆ》くて痒くて夜も眠れないで隠しどころから何からその女に掻《か》かせるのだそうですから。」

そんな話の出始めた頃内儀は馬車から降りるべき所に来ていた。何という村だか家が十軒ほども幌《ほろ》の間に窺《のぞ》かれて、日はいよいよ明るく其処《そこ》の藁屋根や柿の木に照り注いでいた。

「幌を上げましょうか、大分暖くなったようですが。」

私は商人に言った。

「さようですね、上げましょう。」

狭い車内が急に明るくなった。ツイ右手に岩石のみから成り立った山が鮮《あざや》かな朝日を受けて形面白く聳《そび》えている。妙義山に似て、更に痩せている。馬丁に訊《き》くと岩櫃山《いわびつやま》といい、昔何とか太郎という大賊がこの山に籠《こも》っていたのだそうだ。散り残りの紅葉が痩せ光った岩の峡間《はざま》峡間に少しずつ見えて、如何《いか》にも美しい。

「なアよ、いまの××後家《ごけ》はあれで歳《とし》はいくつずらな。」

「そうよな、三十七かな八かな、まだ四十にはなるめえに。」

狭い御者台に押し並んで、ふらりふらりと赤い顔を揺られながら若い馬丁たちは話し出した。

「無理ゃねえや、稀《たま》にゃああいう話でもせずにゃいられめえ。」

「ひとごとか、手前がよっぽど痒いずらに。」

「ハハハハハ。」

「ハハハハハ。」

ピイッピイッと吹く彼らの口笛がよく馬の蹄《ひづめ》に合って、この間の利根縁の馬車と違い、速度もよほど速い。岩島という宿の立場に暫《しば》らく休んで、やがてまた走り出した。客はやはり二人きりであった。商人の客は東京深川の材木商で、山のことで長野原町の小林区署まで行くのだそうだ。私も今日は長野原町泊りときめていたので宿屋も一緒にしようなどと話し合う。

岩島を出てほどなく馬車は吾妻川の岸に沿うて走るようになった。中之条からもう三、四里も溯《さかのぼ》って来たので、今は川の幅も狭く、岩床が露《あらわ》れて、如何《いか》にも渓流らしい姿となっている。利根の流域に別れて以来、ほんの一、二日の事ではあったが如何にも久しぶりになつかしい渓《たに》を見るようで私の心は次第に澄んできた。それに今日は何というい い天気であろう。岩にあたって砕け散る水玉の一つ一つにもその朗かな秋の日の光が宿っているのである。

そのうちに一人の馬丁が車内に入って来て、先ほどおよそに我らがからげておいた幌を完全に上にまくし上げてしまった。そしてにこにこしながら私の側に腰を下して、

「これから段々有名な関東耶馬渓《やばけい》になりますので。」

と言った。

中之条を立つ時、田中君が私に注意した事をこの男はよく覚えていたのであった。

「ありがとう、これからがそうなんだネ、今までだってなかなかいい景色だったが……」

私はそう言いながら人の好《よ》さそうな若者に感謝しいしい半身を窓から乗り出すようにして見下した。馬車はかなり高い山の中腹を走っているのだ。そして悉《ことごと》く葉を落してし

まった木立のずっと底の方に見えつ隠れつ澄み切った渓《たに》の流《ながれ》が見下された。

我らの馬車の通っている岨路《そばみち》は――あとで聞いたのだが其処《そこ》は道陸神峠《どうろくじん》というのだそうだ――大抵渓《たに》から百間内外の高さを保ってずっと長く、そう、かれこれ一里近くも、断崖の中腹に穿《うが》たれていた。その断崖と相対した向う側にほぼ相同じい嶮《けわ》しさの山が削ったように聳《そび》え立ってその山と山との間、木と岩とが深々と相迫った所に渓が流れているのである。山はうち見た所全部うす黒い岩ばかりで、その岩から岩を縫うて怪しく枝を張り拡《ひろ》げた老木が一面に生《お》い茂っている。渓は時に滝となり、渦となり、多くは長い淵となって、岩の間に藍《あい》のように湛《たた》えているのである。

馬車の腰掛に片膝ついて半ば立ち上ったままこの渓に眺め入った私の心は少なからぬ驚きに波打っていた。漸《ようや》くいま来べき所に来たという安心と感謝とが、その驚きの下にはまた溢《あふ》れていたのである。真実私は名には久しく聞いていたがこの吾妻《あがつま》の渓谷をこれほど好ましい渓とは想像しなかった。今度急に渓というものが見たくなって無理をしながら出かけて来た旅行の興味の大半は利根の奥にのみ注がれていた。そして到る所満足と感謝とで見廻って来た。末になってはあのように大きな川となって流れているものが僅《わず》か二足か三足で飛び渡る事の出来るように細まっている水上《みなかみ》まで見極めて来たのである。実は渓はもうそちらだけで沢山であったのだ。利根から折れてこの吾妻の峡谷に入り込んで来たのは主として中之条町を通りたいのと、予《か》ねてから話に聞いていた六里ヶ原という浅間裾野の高原を横切る事と、その二つに心を惹《ひ》かれてからの事であった。そして端《はし》なく通り懸ったこの吾妻の渓はまったく渓らしい渓である。利根の水上より遥かに渓らしい幽邃《ゆうすい》と閑寂とを備えている。五町、十町、十五町と見てゆく間に私は殆《ほと》んど酔った者のようになってしまった。何時《いつ》からとなく永い間心に宿っていた渓というものの幻影を端なくいま眼の前に見据えたような、寧《むし》ろ不思議に近い感動をすら覚えていたのである。

ありがたいことに日は相変らず麗《うら》らかに照っていた。いくらか風は出たらしいが、あちらの山、こちらの山、散る葉もない冬枯の峡間《はざま》にただ寂然《じゃくねん》と明るく照り入っている。そしてその底に渓が青くまた白く、日向《ひなた》となり蔭となって静かに流れているのである。そうした岨道《そばみち》だけに馬車もずっと歩みを遅くしていた。道も悪く動揺はかなりひどかった。そして馬丁たちの吹く口笛のみが何だか鳥のようにピイッ、ピイッと断えず響いていた。

「これでもうおしまいです。」

やがて、私の側にいた馬丁は息を呑んだ私の顔を見て笑いながら言った。

「そうかね、これでおしまいかね。」

私も鸚鵡《おうむ》返《がえ》しにそう言って腰を下した。一里近くも沿うて来た渓を離れて馬車は急に速度を増しながらだんだら畑の間を走り始めたのである。そして私たちがその馬車から降りて、向うから来ているはずの長野原の馬車に乗り換うべき川原畑という宿場のツイ其処《そこ》である事を知った。そしてその渓向うに川原湯《かわらゆ》という温泉場のある事をも私は地図で知っていた。そしてふらふらと私の心は迷い始めた。

「これは今夜其処《そこ》の温泉に泊る事にして、もう一度あと戻りしていまの渓を見て来うかしら、また来るといってもなかなかそう勝手にゆくものではない……」

などと考え始めたのである。

しかし、実際私も時間をば急いでいた。明日明後日と間をおいて、廿三日には如何《どう》しても信州松本市に開かるる歌会に臨《のぞ》まねばならなかった。それをこうした西も東も解らぬような、信州松本とは縁もゆかりもないような遥かな山深い渓間をうろうろしていたのでは果してその日に其処《そこ》に到《たど》り着く事が出来るかどうか考えて来れば如何《いか》にも心細い話であった。それかといってあれほどの渓をただ馬車から見て通っただけでは何ともまた気が済まなかった。こんな辺鄙《へんぴ》な山奥に一生のうちにまた二度と入って来られるかどうかというような感傷心もいつの間にか萌《きざ》して来ていたのである。泊ろうか、止《よ》そうか、頭の痛くなるまで考えているうちに馬車は笛を吹いてその川原畑という、家のかず十余りしかない寂しい立場に留ってしまった。

幸か不幸か、待ち合せているべき向うの馬車はその時まだ其処《そこ》に来ていなかった。それを知ると、殆んど発作的に私は材木商人の前に行って帽子を取った。

「御一緒に長野原まで参るつもりでしたが、急に気分が悪くなりましたので、私は一晩此処《ここ》に泊って行こうかと思います、いろいろありがとうございました。」

そして呆気《あつけ》にとられている彼の前に自《おの》ずと汗の滲《にじ》むのを覚えながら、惶《あわ》てて其処《そこ》を出て川原湯への道を訊《き》くと、丁度その駐車場の背戸の真下に危い吊橋が懸っていた。そしてツイその向う岸、目と鼻の間の断崖の上に白々と秋の日に輝きながらその小さな温泉場は見えているのであった。

私の寄った養寿館という宿屋は見るさえも気味の悪い、数百間も高くそそり立った断崖の尖端の所に建てられていた。そして通された三階の窓をあけるとツイ眼下に、しかもずいぶん遥かな下に渓が流れていた。いま馬車から見て来たのの上流に当っているのだ。此処辺《ここあたり》に来るともう普通の渓となっているが、それでも大きな、なだらかな山と山との間に一すじ白く瀬の音をあげて流れているのを見るとやはり遥かな思いが湧く。障子を開け放ってそれを眺めながら昼食した。そして大急ぎで私は宿屋を出た。

いま私の渡って来た吊橋は間道であった。温泉から中之条街道に出るには他に立派な道がついていた。とろとろと下りになったそれを十四、五町も行くと立派な橋があって、直《す》ぐ先刻《さつき》通って来た街道に出た。それからまた二、三町も行くと例の深い峡間《はざま》の渓が見えそめた。馬車では解らなかった奔流の響が断崖に籠りながら冬木立の真下から聞えて来た。

温泉場あたりで見ると川幅もかなり広く、水量も豊かで、渓というより当然川と言いたい流《ながれ》であるがそれでも此処《ここ》に来るとぐっと狭く深くなって岩から岩の間を渦巻きつ湛《たた》えつして流れているのである。いわゆる関東耶馬《やば》と称《とな》えられている距離が半道余りもあるであろう。その間ずっとその状態が続いているのである。しかしこの渓と九州耶馬渓とをこのように比較するのは私には賛成出来ない。まるで渓の性質が違っているからである。耶馬渓は眺めがずっと開けている。両岸の山もさまでは高からずまた迫ってもいず、渓はただ奔湍《ほんたん》相次ぐといった形で、この吾妻《あがつま》の渓のただ静けく、迫り合《お》うた狭い峡の底を穿《うが》っているのとは全く趣きが違っている。もし強《し》いて類似している処を求むるなら耶馬は寧《むし》ろ二、三日前に見て来た利根の上流にちかいと私は思うた。ただ双方ともすぐれた渓という意味でかく呼ぶならば許されぬ事はないであろうがそれにしてもあまり愉快な名称ではない。私は耶馬も好きである。世間の人はよく彼処《あそこ》に落胆したという事をいうが、それは山陽の詩などを余りに鵜《う》呑《のみ》にして出懸《でか》くるからの事で、渓としてはやはりすぐれた渓である。が、何という事なく酷《ひど》く心の疲労を——心ばかりではないいわば生命全体の疲労をしみじみと感じている昨今では私は寧ろこのどちらかといえば形の小さな深くて静かな吾妻の渓により多く心の惹《ひ》かるるのを感じた。よく南画などに殆んどあり得《う》べからざる形状に於ていわゆる深山幽谷の渓の描かれているのを見る事がある。そういった趣きをこの吾妻の渓は何処《どこ》にか持っている。だから永く見ている間には飽《あ》くかもしれない。厭味《いやみ》に見えるようになるかもしれない。が、それはそれとして先刻《さっき》馬車から見たと違い、こうしてとぼとぼ落葉の積った岨道《そばみち》を歩きながら見て行くと私にはいよいよ深い親しみを覚えずにはおられなかった。

渓そのものも好《よ》いとして、更に私を喜ばせたものはその深い流《ながれ》を挟む両岸の岩であった。そしてその岩の間に怪しく枝を張っている樹木であった。樹木は何の木だか葉でもついていればいくらか見当がつくであろうが、完全に落葉し尽しているので一向に解らなかった。椋《むく》か榎《えのき》か乃至《ないし》は欅《けやき》に似た幹や枝を持っていた。岩と岩との間に形怪しく生い出て、しかも年中この山谷の風雨に荒されているために一本として普通真直ぐに伸び育っているものはない。いずれも根もとから直ちにいくつかの太い枝に分れ、その枝の先はまたそれぞれに細々と分れ散っている。幹といい枝といい太く短く、殆んど瘤《こぶ》と皺《しわ》だらけのような樹木のみで、そして不思議な位《くら》いすべてが老木である。考えてみるとこういう嶮岨《けんそ》な場所では伐《き》って薪なり何なりにしようにもその足場がないであろう。それらの樹木のまだ真新しい今年の落葉がその根元の岩の上に一面に散り敷いていた。そうした深い谷間の、日影も碌々《ろくろく》射さぬような岩の面《おもて》にはまた青い苔《こけ》や岩松がずっと這《は》い渡っているのである。その上にまた紅葉の色香の失《う》せぬ細かな落葉が鮮かに散り渡っているのだ。或る場所ではこれらの岩と木の根の間を縫うて、それこそ糸のように細いきれいな滝が真白く垂れ下っているのも見えた。一カ所ならず、二つ三つもそれを見た。

寒巌枯木という言葉は我らにはやや乾いた意味を以って理解せられ易い。しかしこうまで一面の渓一面の山がすべてその岩その枯木を以て埋められていると其処《そこ》に言い難い湿《うるお》い、言い難い大きな自然さを感ぜずにはおられなくなる。たまたま山鳩や樫鳥《かしどり》が翼に日光を受けて渓を飛び越えているのを見ても一層静けさは胸に浸《にじ》んで来る。次第に吹き募った風が上から下から落葉を吹き捲《ま》くって来る道を先刻《さつき》とはまた違った昂奮に固くなりながら、私はとぼとぼと次第に川下に歩いて行った。歩きながら幾首かの歌を手帖に書きつけた。

岩山のせまりきたりて落ち合へる峡《かい》の底ひを水たぎち流る
うづまける白渦見ゆれ落ち合へる落葉の山の荒岩の蔭に
青々と渓《たに》ほそまりて岩かげにかくれゆく処落葉木は立つ
見るかぎり岩ばかりなる冬山の峡間《はざま》に青み渓湛《たた》へたり
せまりあふ岩のほさきの触れむとし相触れがたし青き淵のうへに
夕さむき日ざしとなりてかげりたる岩かげの渓の藍《あい》は深けれ
寒々と岩のはざまに藍ふかくながるる渓は音もこそせね
岩蔭ゆ吹きあげられて渓あひの寒き夕日にまふ落葉見ゆ
岩かどをまはれば渓はかくろひて岩にまひたつ落葉乾反葉《ひそりば》
幾すぢの糸のかかりて音にひゞくかそけき滝に立ち向ふかも
おのが身のさびしきことの思はれて滝あふぎつつ去りがたきかも

そそり立つ岩山崖の岩松に落葉散りつもり小雀《こがら》あそべり
岩のあひに生《お》ふる山の木大けきが立ちならびゐて葉を落したり
岩山の岩のなぞへに散りしける落葉真新し昨日かも散れる
岩山にあらはに立てるとがり岩のとがれるあたり落葉あざやか
峰《お》に襞《ひだ》に立ちはだかれる岩山の山の老樹はことごとく落葉
岩山に生ふる山の木おほかたはふとく短くて枝張り渡す
岩山の岩をこゝしみひと伐《き》らず生ふる大木は枝垂らしたり
何の木か古蔓《ふるかずら》なし垂りさがり落葉して居るその岩端《いわはな》に
とある木は大き臼なし八方に枝はりひろげ落葉して居る
落葉して寒けきひと木なかば朽《く》ち真洞《まほら》なせるが枝垂らしたり
ものいふとわれにかも向ふ岩山の落葉せる木木はわれのめぐりに

とかくして一里ほども下って行った。その辺は渓も次第に開けかけて来たので、もう其処《そこ》あたりで下るのをやめて、また温泉のほうへ引返そうと思った。日もいつかよほど傾いて、見廻す峡谷の大半は日蔭となってしまった。ちょうど其処《そこ》に一つの吊橋の懸っているのを見出した。珍しく長い吊橋で、橋の上にはまだ夕日の影が残っていた。私はその橋の方に降りて行った。ゆらゆらと揺れる不気味な上を一度向うまで渡り、更に引返して来てその真中と思われる辺に腰を下した。そして静かにその古びた板の上にあぐらをかきながら、携えて来た酒の壜《びん》を取り出した。実は昼飯の時に飲みたかったが、その時は一刻も時間が惜しく、歩きながら飲もうとして一本提《さ》げて来たのであった。しかし、異様に緊張した今日の私の心にはどうも途中で飲むだけの余裕が出て来なかった。そして此処《ここ》から引き返そうとして偶然この珍しい飲場を見出したのであった。

橋は随分古びたものであった。現に私の坐っているあたりも二、三カ所板が朽ちて穴が出来ていた。そして風の烈《はげ》しいのが吹いて来ると直ちに揺れた。下を見るとかなりに高く、其処《そこ》は淵尻の真白な瀬となっていた。上の方を見ると次第に細く迫った淵で両岸の岩は真白に乾《から》びていた。風はますます強く、折々両側の山腹からくるくると落葉のかたまりを吹き上げて来た。吹きあげられたかたまりはやがてちりぢりにまい散って、更に高く中空さして翻《ひるがえ》るもあり、雨のように渓の方に落ちて行くのもある。渓は既に暮れ去っているので、その暗い淵の上の空に吹きあげられた落葉ばかりが赤い夕日を受けて輝くさまは誠に見ごとであった。私のいる所にはまだ夕日がさしていたが、そのあたりにもはらはらと小さいのがまって来た。やはり椋《むく》の葉らしいのが多かった。不思議な飲酒場での冷酒は常にもましてしみじみと腸《はらわた》に浸み渡った。そして一杯二杯と嘗《な》めているうちに、好《い》い心持に酔って来た。元来宿の女中に二合壜《びん》を註文したのであったがなかったので四合壜を持って来ていた。こういう場所だけに足のふらつくほどに酔うのは恐しく、まだ一合以上も残っているのを捨てるのは惜しく、さればとて持って帰るのも面倒であった。其所《そこ》へあたかも若い男が通りかかった。彼が向うの坂からさも不審そうな顔をして降りて来る時から私は知っていたのであるが、やがて気持のいい笑顔で私を見ながら、

「今日は。」

とつつましく通り抜けようとすると猶予なく私は呼びかけた。そして盃をさした。幸《さいわい》にして彼も一合位《くら》いは行ける側《がわ》の人であった。そして暫《しばら》く話し合っているうちに偶然にもこの若者は私が昨晩泊って来た中之条の田中家とは知合《しりあい》の原町の酒屋さんである事が解った。しかもその田中家の稲三君とは農学校で同級であったそうだ。私も名刺を出したりして、名残り惜しく壜の残りを飲み乾して別れた。

帰りは大分暮れていたので歩調を速めて歩いた。大きな声をあげていま作ったばかりの歌を唱《うた》うと余りに鮮かに反響が返って来るのでかえって寂しさの増すのを覚えたりし

た。或る所では一抱えもある大きな石を全身の力で漸《ようや》く押し動かし道下にころがし落した。すると暫く物凄いごろごろどしんというような音が聞えていてやがてどぶうんと下の淵に沈むのが解った。こんな事をしているうちに次第に心細くなって、後には小走りに走って宿まで帰って来た。

此処《ここ》の温泉場は利根の奥でいくつか見て来た原始的のそれらと違って世間並《なみ》な立派な温泉場であった。浴室などなかなかよく整頓していた。宿に帰るなり、大急ぎで浴室に飛込むと其処《そこ》には既に二人の若い女が入っていた。石鹸を使えと勧めてくれるものごしなどで、この二人が素人でない事は私にも解った。多分客に連れられて沼田か高崎あたりからでも来ているものと思った。そしてそのつもりで一言二言挨拶していると案外にもこの土地で勤めている者である事が解った。この宿のツイ崖下に料理屋があり、其処《そこ》から湯を貰《もら》いに来ているのだそうだ。こういう山の中にも芸者という者が入り込んでいるのか、と昼間の昂奮の後ではあり私はひどく意外な思いがした。そして普通の時と違い何という事なく尊敬に似た親しさを感じた。で、湯を出がけにまんざらの世辞でもなく、帰りには私の部屋にお寄りなさい、御茶をさしあげましょうと言い置いて来た。そして部屋に帰って暫く心待ちに待ったが来る様子もないので私は酒を取り寄せて飲み始めた。毎晩のきまりを飲み乾して、これから飯にしようとしている所へ、「今晩は」と言いながら先刻《さつき》の女たちが這入《はい》って来た。しかも何事ぞ、いつの間に着換えたかちゃんと彼らの職業服に着換えて来ているのである。私はまたかなり驚いた。が、そうした場合いやな顔をする勇気もなかった。一時の驚きが去ると共にかえって子供らしい歓びが感ぜられて、更に酒をとり寄せ肴《さかな》をとり寄せる事にした。聞けば此処《ここ》の宿屋は料理業をも兼ねているのだそうだ。土地にいる芸者はいまはこの二人ぎりだという。それでは今夜はこれで総揚げをやっている訳《わけ》だネ、といつの間にか鳴り始めた三味《しゃみ》の音をなつかしく聞きながら大きな声で笑い出す頃は昼間と打って変った浮かれ心地に私もなっていたのであった。

しかし、要するに困った事であった。両人は平常から何か嫉視しているらしく、少し席が乱れて来ると露骨にそれを目顔《めがお》に出して啀《いが》み合った。はては今夜の私を奪い合う素振《そぶり》すら見えて来た。私は思わず正気づいた、此奴《こいつ》らはこれで草津の行きか帰りでその路用でも稼ぐ気でいるのではないかと思い当ったからである。そして「もうお時間ですが」とにやにやしながら番頭の入って来たのを機会に二人とも帰してしまった。やれやれと思うと何ともしれぬ苦笑がこみあげて来た。それから、私は明日の朝の出立の早い事をくれぐれも頼んで、勘定もその時済ませてしまった。

女中の床を延べている間に便所に行って、何の気なく窓をあけてみると実に寒いような月夜である。明らかな月かげが空にも山にも一杯に満ち溢れて、星もまばらに山近くに光っている。そしてふと其処《そこ》から下を見下すと思わずも身ぶるいの出る嶮《けわ》しい断崖で、その底に広い瀬がきらきらと月光に輝きながら、山に響き、崖に響いて淙々《そうそう》と流れていた。

十一月二十一日

あんなに喰《くら》い酔って睡《ねむ》ったのだが、気を許さなかったので、正しく予定通りに眼が覚めた。午前四時である。頭の重いのを我慢して湯に行く。槽《ふね》を溢るるさびしい湯のひびきを聞きながら森《しん》としたなかに浸っていると、昨日の昼間から夜にかけての出来事が如何《いか》にも遥かな追懐のように頭の中に浮んで来る。そしてうとうと睡くなる。

割に長湯をして部屋に帰ったが、まだ誰も起き出《い》ずる気配がない。今日はどうでも六里ヶ原の中にあるという停車場吾妻《あがつま》駅から草津鉄道に乗って信州に入り軽井沢で乗換え、小諸《こもろ》町まで行っておらねばならぬ日取となった。この川原湯《かわらゆ》から長野原を経てその草津線の終点吾妻駅までの距離が五里といい六里という。しかも吾妻駅を出る汽車は毎日僅《わず》かに二回限り、午前九時五十分、午後は三時二十分のがあるだけだという。そのうちぜひ午前のに乗らなくては私には都合が悪い。こちらを五時出立として九時五十分までには五時間しかない。その間に不案内の山道を五里なり六里なり歩くというのはよほどの努力でなくてはならぬ。昨日一日遊んだ祟《たたり》で私はこれからそれを決行しようというのだ。

我慢しかねて一、二度呼鈴を押してみたがまだ返事がない。そろそろ五時を過ぎようとする。私はとうとう支度をして洋傘《こうもり》を持ちながら階子段を降りて行った。それを聞きつけて番頭が出て来た。そしてただ今お茶漬の用意をしていると嘘《うそ》をいう。飯はいらない、酒を一、二杯コップで飲ましてくれと立ちながら飲んでいると生卵を持って来た。大急ぎでそれをも飲み乾しやや機嫌を直しながら宿を出た。戸外はまだ明らかな月夜である。そして一歩動くたびに寒さが骨に沁《し》む。霜の凍った木蔭の崖道を降りるのは難儀であった。そしてその崖の根がたの吊橋を渡る時は私は終《つい》に下駄を脱いで跣足《はだし》になった。湯に入ったので昨夜の酒がまた新たに五体を廻り始めたらしい。橋の半ばで振仰《ふりあお》ぐと昨夜の宿は誠に頭上に高々とそそり立って、私のいた部屋だけ雨戸が開かれ、うす赤い灯影が明方の寂しい月の光のなかに浮いている。

私は恐しい速度で道を急いだ。常にいくらかずつ登りになって固く凍《い》てついてもいるが、渓に沿うた道は割合に立派な道であった。月の光がだんだん白んで行くのを足許《あしもと》に見ながら、始終左手の方から聞えて来る水の響を聞いて急いでいると、手足のさきが凍《こご》えるような寒さと共に訳のない寂しさ心細さがむずむずと全身を襲うて来る。その心細さに追われて小走りに調子をつけながら急いだようなものであった。

長野原町に着いた時は漸く皆朝飯の用意をしている頃であった。此処《ここ》で何か喰べて行かないと困るかもしれぬと思うたが、余り急いだため胸がつかえて一向に食慾《しょくよく》がなかった、それにちょっとの時間も惜しかった。僅かに町外れの掛茶屋に寄って茶の代りに酒を一本飲む。其処《そこ》で聞けばこれからならばまだ草津から出て吾妻駅へ行く定期馬車に間に合うだろうとの事であった。それに勇気を得て、また更に急ぐ。

長い坂の曲角《まがりかど》をまがると、ツイ眼下の窪地に小学校があって小さな黒いような生徒がいま頻《しき》りに集って来る所であった。宿酔《ふつかよい》の常の感傷心と、前途をおもう心細さと、漸《ようよ》う出始めた身体の疲《つかれ》などからであったろう、私にはその時偶然に発見した小学校が、其処《そこ》に集って来る小さな生徒たちが、無上《むしょう》になつかしいものに眼に映った。そして暫く坂の上から洋傘《こうもり》を杖つきながら茫然と立ってその群れ騒いでいるのを見ていたのであった。その時傍《かたわ》らを通りかかった人に訊《き》くと丁度この下から停車場へ行く近道があって、かえって本道よりもいいかもしれぬとのことであった。が、馬車に心を惹かれている私はその深切《しんせつ》な注意に耳を傾け得なかった。そしてまた急ぎ始めた。小学校から眼を移すと、これも気の附かなかった浅間山がその坂道の真正面の遠空にがっしりと浮んでいた。これにも私は心を躍らせた。一昨日であった、利根の流域から名も知らぬ山を時雨《しぐれ》のなかに越えてその夜は地図にも出ていぬ村の木賃宿《きちんやど》に泊り、その翌日名久田《なくた》川の寂しい沢をとぼとぼと下りながらふと遥かな空に雪を頂いた高い山を見出でてちょうど道連《みちづれ》になっていた村の娘に名を尋ねるとそれが思いもかけぬこの浅間山であったのであった。それが一昨日で、昨日は終日谷間の道で見ることなく、今日またこうして親しく仰ぐのである。今日はいよいよあの山の麓を過ぎるのだと友人を見るようにもなつかしく仰がる。一昨日と違い頂上からは、濃い黒煙が遥かに東の空に靡《なび》いている。

日影という村が草津道とこの道との出合う場所になっている。私は胸をときめかせながら古い藁葺《わらぶき》の馬車駐車場に入って行った。其処《そこ》には赤く榾火《ほたび》が燃えて、小間物の行商人が荷をひろげていた。居合《いあわ》せた二人の女は口早に私の問い懸くるのに殆んど振り向こうともせず、その馬車はもうとうに通り過ぎたという。真実かと問い返しながら、まだ定期の時間に間があるではないかと詰《なじ》ると、今朝はあちらに客のないのが解っていたので、いくらか早く立って来たのだという。私は其処《そこ》に腰を下す事をもせず、黒い腰障子を手荒く締めて道路に出た。サア、いよいよどうでも歩かなくてはならぬ破目《はめ》になった。今朝から既に三、四里歩いている、そして時計はまだ八時にならぬ、あとの二里を二時間で行くのはそう難儀でないと自分で自分を励まして歩き出したが、争い難くその時既《すで》に充分に私は疲れていた。昨夜かれこれ三時間ほどしか眠っていない。それに昨夜も今朝も一粒の飯を喰っていない。起きがけから走るように急いで来て、なまなか先刻《さっき》馬車があると聞いてからは急にまたがっかりしてしまったのである。が、ともかくも歩かなくてはならぬ。正直にちくちくと痛み始めた足をなだめて、心細くも急いだ。速力のずっと鈍ったのは自分にもよく解っていた。

大津という寒駅を過ぎ、羽根尾というから今までの街道と分れて左に折れ、渓を渡って直ぐ急な坂にかかった。昨日今日馴染《なじ》んで来たこの渓に別るる事も心細さをそそらずにはおかなかった。坂はよごれた雪を載せて全部かたかたに凍《い》てていた。よほど注意して歩いてもともすれば滑りがちだ。それでも初めその坂をさほどに思わなかったが、登れど登れど尽きないのを見ると私は大抵の場所をばそれで通す日和下駄《ひよりげた》を脱いで足袋《たび》跣足《はだし》になった。冷たくはあるが足袋裏はさまでに汚れぬほどよく凍っていた。不快な汗が全身から湧いて、口はねばりつ渇きつした。幸《さいわい》に路傍到る所に氷柱《つらら》が並んで下っていたので、それをぽきぽきと折り取りながら噛んで登った。疲労と焦燥とで頭も次第に怪しくなっていたので正確な事は解らないが、私にはその凍った坂が半道もあるいは一里も続いたように思われた。そして辛うじて一つの峠らしい所に出て、やれ安心と下駄を履いたのであったが、それがまた非常な間違いであった。

今まで登って来た険阻な坂は北に面して凍っていた。その峠らしい所からは山の南側に越えてほぼ峰に近い中腹を曲りつ折れつして山の形なりに登って行くのである。今までの坂の凍っていたのに反して此方《こちら》側は道という道が一面に泥田のように泥濘《ぬかる》んでいた。暫くは下駄で歩いてみたが、直ぐまた跣足《はだし》になった。跣足になっても氷の上と違ってどろどろした赤土道の滑るのは同じであった。一度、二度と横滑りに泥の中に這《は》い転がると共に私はすっかり絶望してしまった。これではもうツイ向うの峰に停車場が見えていたところで到底予期した時間に間に合うはずはないからである。時計はまたその峠らしい所に出た時既《すで》に九時を過ぎていた。いまはもう時間の問題でない。如何《いか》にして無事にこの山の泥道を歩こうかというのである。

私はやがて一策を案じて泥だらけの足に——足どころか身体中それであったが——下駄を履きながら道から一歩を外れて林の中を歩き出した。林といっても手入《ていれ》のしてない灌木林《かんぼく》であるために、寧《むし》ろ荒い藪《やぶ》のようなものであった。其処《そこ》は滑りはしないが、枯木の枝、張り渡した茨、蔓草《つるくさ》などを避《よ》け避け歩く苦痛はまた別であった。そして茫然着流《きなが》していたインバネス——それは旅行のために友人から借りて来たものであった——の裾を忽《たちま》ちに一、二カ所かき裂いてしまった。それを脱いで肩にかけると今度はまた袴に袖に、種々なものがからまって来る。私は終《つい》に必要と肝癪《かんしゃく》とから着物全部を脱ぎ捨ててくるくると一つに押し包んで引抱えながらシャツとズボン下になって帽子を眼深《まぶか》に押し下げ藪の中を前かがみにくぐって行った。少しはもう気が変になっていたのかもしれない。しかし、それでもなお赤泥の中を這うよりは確かに気持がよかった。

如何《いか》にその苦行《くぎょう》の時間の永かりし事よ、もうかもうかと思わるる峠はなかなかにやって来なかった。あとでは私はまことに涙をほろほろ零《こぼ》しながら、何やら独《ひと》り言《ごと》を言いながら、ふらふらとして歩いた。が、要するにいくらかずつは距離を縮めていたのである。終《つい》に一つの掘割みたような所を通り過ぎると、ああ、どうであろう、其処《そこ》には驚くべき広大な原野が忽然《こつぜん》として見る眼も限りなく展開せられたのである。更になおどうであろう、その原の正面、空の色の真深いあたりにそれこそ神鎮《しずま》りにしずまる如く浅間が寂然《じやくねん》として低く、手近く、うす黒く聳《そび》えていたのである。ああ、その噴煙よ、黒々として、団々《だんだん》として、限りなく限りなくわが原野の方に溢れ落ちて来ているその噴煙よ。

私は大きな声を発しながら、抱えた着物の包《つつみ》を両手にさし上げて一散にその原の中へ馳《か》け出した。そしてその狐色をした草原の一部へ、荷物と共に身体を投げ出してしまった。浅間の煙は寝ながらも手に取れるようにツイわが真上にもくもくと靡《なび》き落ちて来ているのである。

暫くそうしてじいっと仰臥《ぎようが》しているうちに異様に混乱していた自分の神経も次第に鎮って来た。私は立ち上って苦笑しいしい泥だらけの着物を拡げて着始めた。惨《みじ》めなのは借物のインバネスである。もとからよれよれにはなっていたが、裾の方の裏地など、単に掻《か》き裂かれたのみでなく破けて下に垂れているのである。煙草《タバコ》が吸いたいが、無論一本も残っていない。いくらか安心すると共に暫く気のつかなかった空腹が痛いように感ぜられて来た。九時五十分の汽車どころか、時計は既に十一時を過ぎているのだ。着るものをすべて身につけてなお暫く其処《そこ》に坐っていたが、やがて立ち上って歩き出した。

空は誠に悲しいまでに澄み晴れて、その中ほどに大きく浅間の煙が流れている。遥かな末まで乱るる事なく一条となって流れ、三里も五里もあるいは更にも遠く靡《なび》いているらしい末には何処《どこ》の山だか、地平の上に二つ三つ、雪を斑《まだ》らに頂いて立っている。見渡す限り殆んど高低のない原野である。六里ヶ原というのは正《まさ》しく六里四方もあるために呼ばれているかもしれないなどと思われて来た。諸所植林の開墾をしかけたようなところが見ゆるが、多くはただ一面の狐色をした草原で、その中を私の歩いている道が真直ぐに通じているのだ。此処《ここ》に来ると平坦ではあるが泥の深いのはほぼ同じであった。ただ、今までの坂道の土は赤く、此処《ここ》は黒かった。そして此処は路傍の草原を極めて安らかに歩くことが出来た。いくら雪の解けた後だとはいえこうまで泥海にしたのは馬車のせいらしかった。客馬車は日に一度だそうだが、そのほか荷馬車らしい轍《わだち》が見ゆる。この道を、しかもあの坂を、一体どうして通るのだろうと思うと、何だか恐しい事のようにも思えた。それでもさすがに今日あたりは止《や》めているのか、一台にも逢わなかった。

苦しい中に幾首かの歌を書きつくる。

寒き日の浅間の山の黒けぶり垂り渦巻きて山の背に這ふ

山の背に凝りうづまける浅間山の煙のはしはいまなびくらし

頂ややや垂りくだりひんがしへやがてたなびく浅間山の煙

真ひがしになびきさだまれる浅間山の煙の末の山は何山

この幾日ながめつつ来し浅間山をけふはあらはにその根に仰ぐ

芒《すすき》の原に立つは楢《なら》の木くぬぎの木落葉して立つそのところどころ

おほどかに東になびく浅間山のけぶりは垂りてまなかひに見ゆ

噴き昇る黒きけぶりの噴き断えず浅間の山は真暗くし見ゆ

寒き日を浅間の山は低くし見ゆ噴きのぼりたる煙の蔭に

停車場に着く半道ほど手前のところに応桑《おおくわ》という村のあることを聞いていた。もっともこの辺の人のいう里程ほどあてにならぬものはないが、それでも大抵その村に着くはずと強《し》いて足を速めているが一向に影も見えない。そのうち思いがけなく一、二軒の百姓家が道近くの野に立っているのを見出した。一軒の方はすっかり雨戸が締められてあったが、一軒はあいていた。私はその一軒に歩き寄って声をかけた。腰の曲った老婆が出て来て不審そうに私を見ている。私は四辺《あたり》を見廻しながら鶏卵はないかと尋ねた。鶏を飼わないからないとのことである。それでは済まないが一杯でも二杯でもいいから飯を喰べさせてくれと頼んだ。すると老婆も漸く気の毒そうな顔になりながら、どうも気の毒だが飯をばみな野良へ持って出て自分の分だけ残してあったがそれをば今しがた食ってしまった、もう十町も行くと応桑に出る、そうしたら何なりとあろうから、という。それでも私はそうして老婆と言葉を交えただけで大変に心が安らかになった。漸く人心地《ひとごこち》がついたというような安心を覚えて、そのうえ水の一杯を所望するのであったのをも忘れて幾度も礼を言いながら老婆と別れた。赤染《あかじ》んだ障子に一杯に日のさしているのも立ち去り難く身にしみた。

漸く人家の屋根がいくつか野の末に見え出した。正《まさ》しく応桑である。咽喉《のど》を鳴らして辿《たど》り着いたが、何《いず》れも百姓家ばかりで飲食店らしい所がない。漸く一軒、「まんぢゅう」と筆太に書いてある腰障子の家を見出した。何を考える事もなく私は其処《そこ》に入って行った。煙の立ちこめた中に老婆と老爺《ろうや》とが榾火《ほたび》の炉を焚いていた。私は立ったまま饅頭《まんじゅう》を拵《こしら》えてくれるようにと頼んだ。驚いて泥だらけの姿を見上げていた老婆はやがて、これから拵える所でまだ出来てない、お菓子ならあるがという。ではそれを下さいと言いながら炉縁に腰を下した。老婆の持って来たのを見ると大きなねじ棒その他珍しい駄菓子である。咽喉につまるのを我慢しながら一つ二つと喰べ始めていると先刻《さっき》からただ黙ってじろじろ私を見ていた爺《じい》さんが、少し聞きとりにくい鼻声で、

「足を囲炉裡《いろり》に踏み込んだらいいだろう、草鞋《わらじ》のままでいいのだから」と注意してくれた。不意に酒くさい息が私の冷え切った鼻に感ぜられた。ありがとうと言いながらそれとなく爺さんの周囲を注意すると徳利が一本その膝の蔭に見えているのだ。

「お婆さん、お酒がありはしないだろうか。」

と訊《き》くと、あるという。周章《うろた》えて私はくるりと身体を廻しながら泥だらけの足袋《たび》をそのまま囲炉裡に踏み込んで、それを註文した。そして眼の前に吊り下げられた大きな薬《や》缶《かん》の中に白いような黒いような図太い徳利の漬けられるのを見ると、私の身体には不思議な活気が湧いて来た。

「これはありがたい、酒があろうとは思わなかった。実は……」

急に雄弁になった私は今日の道中の難儀を極めて早口にこの老婆老爺に向って話し始めた。老婆はわざわざ榾《ほた》の火を増しながら、そして菜漬《なづけ》の皿を勧めながら、面白そうにそれを聞いてくれた。一本の徳利をば殆んど味を知らずに私は飲み込んだ。二本目のに口をつくる頃、何かは知らぬありがたさにともすれば口が吃《ども》るのを感じたのであった。

「肴《さかな》もあるよ。」

鼻声で爺さんは教えてくれた。初め私はこの老人をこの婆さんの亭主だと見たのであったが、そうではなく、他所《よそ》から飲みに来ているのであった。

「ありがとう、お婆さん、肴を下さい。」

婆さんは笑いながら、肴といわるる肴でもありましねえが、と殆んど白くなった塩鰯《いわし》を取り出して来て榾火《ほたび》の上に載せた。

其処《そこ》へ若い男が入って来た。医者などのよく着る事務服の黒いのを着て眼鏡をかけている。色の白い、まだ廿歳位《はたちくら》いの若者である。

「ハ、もう昼けえ。」

爺さんは驚いたように声かけたが、それには返事もせず突っ立ってじっと其処《そこ》らを見据えたまま、

「御飯!」

と叱りつくるように老婆に言った。

老婆は急いで膳を出しながら、

「お前にも鰯を焼こうかの。」

と訊いた。

「いらねえ。」

と言って、ざぶざぶ漬物で飯を喰べ始めたが、老婆はやがて饅頭の餡《あん》だと思わるる小豆を椀《わん》に盛ってそれに黒砂糖をふりかけながら若者に勧めていた。

爺さんは近所の炭焼で、少し金が手に入るとこうして飲みに来るのだそうだ。その爺さんもかなり酔っていた。私も二本目にかかると忽《たちま》ちに酔ってしまった。そして久しぶりに腹から出すような大きな声で笑いながら昨夜の総揚げの話など持ち出した。

しかし、烈《はげ》しい空腹であるということ、これから停車場までまだ一里近くの道程《みちのり》だということなどが頭にあるので、三本目を取るには取ったがさすがに飲み尽すことをせず、一、二杯で爺さんに譲りながら、私も茶漬を所望した。

腹が出来ると眠くなった。これが私には恐かった。もし一眠りでも眠ろうものなら、午後の汽車にも乗り遅れるに決っている。いっそ酔った勢いでこのまま飛び出すに如《し》くはないと、旅のあわれを沁々《しみじみ》感じながら矢庭《やにわ》に立ち上った。勘定は七十何銭、八十銭足らずであった。それに一円出しての釣銭に別に三十銭を添えて、囲炉裡《いろり》の端に置いて出ようとすると婆さんは驚いてそれを辞退した。

「いいえ、非常にありがたかったのだから、それに着物の泥も落してもらったのだから……」

と私も惶《あわ》てて戸外に出ようとした。すると食事を済ませて奥の間に入っていた先刻《さっき》の若者は——この婆さんの末子か孫で土地の小学の代用教員か何かしていると私は見たのであった——その時突然出て来て、

「こんなもの、僕の家には貰わないから！」

と言うや否やその銭を引っ摑《つか》んで私の方に投げ出した。私も驚くと共にむっとしたが、婆さんは更に魂消《たまげ》た。ころがるように土間に飛び降り、散らばった銭を掻《か》き集めて、

「勿体《もったい》ない事を、まアお前、勿体ない事を……」

とおろおろしながら、憐れみを請う眼で私を見上げてそれを渡そうとした。

若者はおかしい位《くら》い険しい眼で私を睨《にら》んで立っている。私は老婆が気の毒なので、黙って銭を受取りながら、同じく黙ったまま帽子を取って土間を出た。

その家は道路からやや高くなっていた。庭先から石段を降りて道路に曲る。その道に曲って二、三間すたすた歩いて後を振返ると腰障子の間からまだ腰を屈《かが》めて老婆が泣きそうな笑顔をして見送っていた。私はそれを見ると先刻《さっき》のまま手に握っていた銀貨銅貨をツイ側の、私と同じ位いの高さになっている石垣の上に置いた。そして気がつくと其《そ》処《こ》には菊が一杯に植えてあった。時過ぎた赤い色の鄙《ひな》びた菊が石垣に沿うてずっと咲い

ていた。

若者は何故《なぜ》怒ったか、何か学校で気色の悪い事でもあったのか、婆さんと二人で楽しもうとして帰って来た昼飯の席に怪しき闖入者《ちんにゆうしや》がいたためか、それとも芸者買《がい》の馬鹿噺《ばなし》がこの年少の清教徒を憤らしめたか、それらの全てがそうせしめたか、いろいろ思いながら歩くうちに初め腹立たしく、やがておかしく後には少年の頃の自分自身を見るような心が起って、そぞろに涙ぐましい思いがして来た。いまの若者の出ているであろう小学校の側を通りすぎた。わアわアと昼休みで騒いでいる子供の声は、一層私にその哀愁をそそり立てた。

どうしてこんな原中にこうした部落が出来たろうと審《いぶか》られる位い案外に戸数の寄ったその村を通りすぎると、また限りもない冬枯の原野である。宿外れの或る休茶屋から馬に乗って出懸けようとする一人の旅人に出会った。沢山の荷物を鞍《くら》の両方に置き、その上に布団《ふとん》を敷いて坐って、一人の馬子《まご》がついている。同じ停車場に行くのだろうとふとその顔を仰いで見ると、それは例の痛ましい病人であった。髪も眉も殆んど壊《く》え落ちているほどの男であった。私は端《はし》なく中之条から馬車に乗合せた内儀の話を思い出した。そ草津温泉の谷底に一部落を限られて病を養っているという人たちの事を考え出した。そして其処《そこ》にも絶望してまた自分の家に帰って行くらしいこの馬上の人を思うと到底二度とはその顔が見られなかった。

馬は私より一足さきになった。酔《よい》の次第に出て来る私は次第にその馬と人とから遅れた。そして初めその顔を見た時よりも更に私に苦痛に思えたのは、その馬の行く後から強烈な香水の匂いがいつまでもいつまでも匂って来る事であった。

停車場行の標札の出ている辻に来てもその馬は曲らずに真直ぐに野原の道を歩いて行った。それではあの人は汽車にも乗れないのかと思いながら、附近に何もない原中を夕づいて来た西日に染められて行くうしろ姿を私はやや暫く立ち留って見送っていた。

其処《そこ》を曲ると停車場は直ぐであった。建てられて間もないらしい白ざれたそれが二、三の同じく新造らしい家屋と共に原の一部に見え出した。

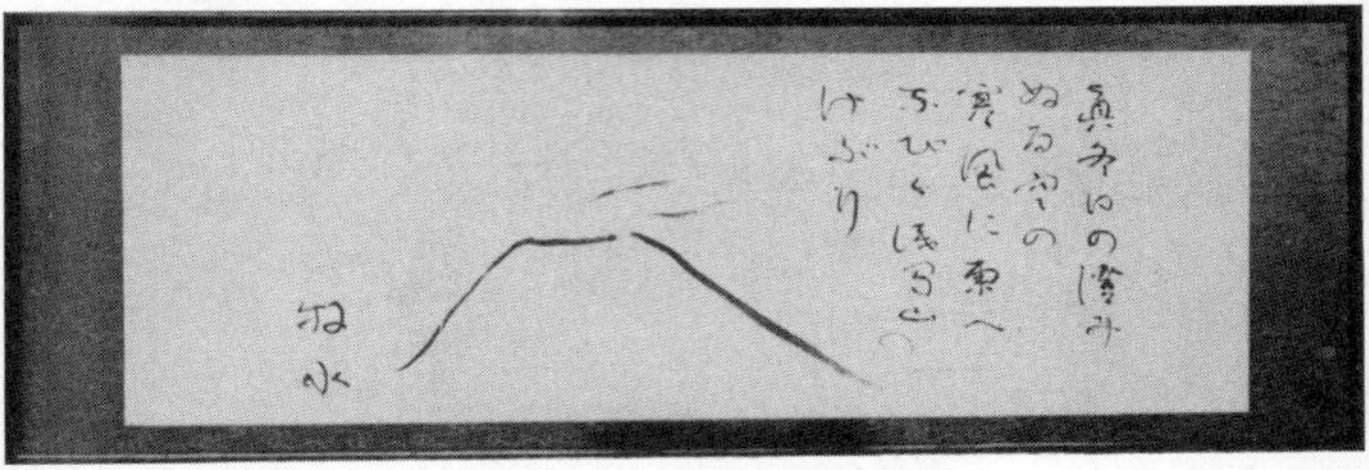

浅間山の煙（牧水画）

みなかみ紀行

十月十四日午前六時沼津発、東京通過、其処《そこ》よりM―、K―、の両青年を伴い、夜八時信州北佐久郡御代田《みよた》駅に汽車を降りた。同郡郡役所所在地岩村田町《いわむらだ》にある佐久新聞社主催短歌会に出席せんためである。駅にはS―、O―、両君が新聞社の人と自動車で出迎えていた。大勢それに乗って岩村田町に向う。高原の闇を吹く風がひしひしと顔に当る。佐久ホテルへ投宿。

翌朝、まだ日も出ないうちからM―君たちは起きて騒いでいる。永年あこがれていた山の国信州へ来たというので、寝ていられないらしい。M―は東海道の海岸、K―は畿内平原の生れである。

「あれが浅間、こちらが蓼科《たてしな》、その向うが八ヶ岳、此処《ここ》からは見えないがこの方角に千曲川《ちくまがわ》が流れているのです。」

と土地生れのS―、O―の両人があれこれと教えている。四人とも我らが歌の結社創作社社中の人たちである。今朝もかなりに寒く、近くで頻《しき》りに野羊が鳴くのが聞えていた。

私の起きた時には急に霧がおりて来たが、やがて晴れて、見事な日和になった。遠くの山、ツイ其処《そこ》に見ゆる落葉松《からまつ》の森、障子をあけていると、いかにも高原の此処《ここ》に来ている気持になる。私にとって岩村田は七、八年振りの地であった。

お茶の時に野羊の乳を持って来た。

「あれのだネ。」

と、皆がその鳴声に耳を澄ます。

会の始まるまで、と皆の散歩に出たあと、私は近くの床屋で髪を刈った。今日は日曜、土地の小学校の運動会があり、また三杉磯《みすぎいそ》一行の相撲があるとかで、その店もこんでいた。床屋の内儀の来る客をみな部屋に招じて炬燵《こたつ》に入れ、茶をすすめているのが珍しかった。

歌会は新聞社の二階で開かれた。新築の明るい部屋で、麗《うら》らかに日がさし入り、階下に響く印刷機械の音も酔っているような静かな昼であった。会者三十名ほど、中には松本市の遠くから来ている人もあった。同じく創作社のN―君も埴科《はにしな》郡から出て来ていた。

夕方閉会、続いて近所の料理屋で懇親会、それが果てててもなお別れかねて私の部屋まで十人ほどの人がついて来た。そして泊るともなく泊ることになり、みんなが眠ったのは間もなく東の白む頃であった。

翌朝は早く松原湖へゆくはずであったが余り大勢なので中止し、軽便鉄道で小諸《こもろ》町へ向う事になった。同行なお七、八人、小諸町では駅を出ると直《す》ぐ島崎さんの「小諸なる古城のほとり」の長詩で名高い懐古園に入った。そしてその壊れかけた古石垣の上に立って望んだ浅間の大きな裾野の眺めはさすがに私の胸をときめかせた。過去十四、五年の間に私は二、三度も此処《ここ》に来てこの大きな眺めに親しんだものである。ことにそれはいつも秋の暮れがたの、昨今の季節に於てであった。急に千曲川の流《ながれ》が見たくなり、園のはずれの嶮《けわ》しい松林の松の根を這《は》いながら二、三人して降りて行った。林の中には松に混った栗や胡桃《くるみ》が実を落していた。胡桃を初めて見るというK―君は喜んで湿った落葉を掻《か》き廻してその実を拾った。まだ落ちて間もない青いものばかりであった。久しぶりの千曲川はその林のはずれの崖の真下に相も変らず青く湛《たた》えて流れていた、川上にも川下にも真白な瀬を立てながら。

昨日から一緒になっているこの土地のM―君はこの懐古園の中に自分の家を新築して

いた。そして招かれて其処《そこ》でお茶代りの酒を馳走になった。杯を持ちながらの話のなかに、私が一度二度とこの小諸に来るようになってから知り合いになった友達四人のうち、残っているのはこのM―君一人で、あと三人はみなもう故人になっているという事が語り出されて今更にお互い顔が見合わされた。ことにそのなかの井部李花君に就《つ》いて私はこういう話をした。私がこちらに来る四、五日前、一晩東海道国府津《こうづ》の駅前の宿屋に泊った。宿屋の名は蔦屋といった。聞いたような名だと、幾度か考えて考え出したのは、数年前その蔦屋に来ていて井部君は死んだのであったのだ。それこれの話の末、我らはその故人の生家が土地の料理屋であるのを幸い、其処《そこ》に行って昼飯を喰べようということになった。

思い出深いその家を出たのはもう夕方であった。駅で土地のM―君と松本から来ていたT―君とに別れ、あとの五人は更に私の汽車に乗ってしまった。そして沓掛《くつかけ》駅下車、二十町ほど歩いて星野温泉へ行って泊ることになった。

この六人になるとみな旧知の仲なので、その夜の酒は非常に賑《にぎ》やかな、しかもしみじみしたものであった。鯉《こい》の塩焼だの、しめじの汁だの、とろろ汁だの、何の缶詰だのと、勝手なことを言いながら夜遅くまで飲み更《ふ》かした。丁度《ちょうど》部屋も離れの一室になっていた。

折々水を飲むために眼をさましてみると、頭をつき合わすようにして寝ているめいめいの姿が、酔った心に涙の滲《にじ》むほど親しいものに眺められた。

それでも朝はみな早かった。一浴後、飯の出るまでとて庭さきから続いた岡へ登って行った。岡の上の落葉松《からまつ》林の蔭には友人Y—君の画室があった。彼は折々東京から此処《ここ》へ来て製作にかかるのである。今日は門も窓も閉められて、庭には一面に落葉松の落葉が散り敷き、それに真紅な楓《かえで》の紅葉が混っていた。林を過ぐると真上に浅間山の大きな姿が仰がれた。山にはいま朝日の射して来る処で、豊かな赤茶けた山肌全体がくっきりと冷たい空に浮き出ている。煙は極めて僅《わず》かに頭上の円《まる》みに凝《こご》っていた。初めてこの火山を仰ぐM—君の喜びはまた一層であった。

朝飯の膳に持ち出された酒もかなり永く続いていつか昼近くなってしまった。その酒の間に私はいつか今度の旅行計画を心のうちですっかり変更してしまっていた。初め岩村田の歌会に出て直《す》ぐ汽車で高崎まで引返し、其処《そこ》で東京から一緒に来た両人に別れて私だけ沼田の方へ入り込む。それから片品《かたしな》川に沿うて下野《しもつけ》の方へ越えて行く、とそういうのであったが、こうして久しぶりの友だちと逢って一緒にのんびりした気持に浸っていてみると、なんだかそれだけでは済まされなくなって来た。もう少しゆっくりと其処《そこ》らの山や谷間を歩き廻りたくなった。そこで早速頭の中に地図をひろげて、それからそれへと条《すじ》をつけて行くうちにいつか明瞭に順序がたって来た。「よし……」と思わず口に出して、私は新計画を皆の前に打ちあけた。

「いいなア！」

と皆が言った。

「それがいいでしょう、どうせあなただってもう昔のようにポイポイ出歩くわけには行くまいから。」

とS―が勿体《もったい》ぶって附け加えた。

そうなるともう一つ新しい動議が持ち出された。それならこれから皆していっそ軽井沢まで出掛け、其処《そこ》の蕎麦《そば》屋で改めて別盃《べっぱい》を酌《く》んで綺麗に三方に別れ去ろうではないか、と。無論それも一議なく可決せられた。

軽井沢の蕎麦屋の四畳半の部屋に六人は二、三時間坐り込んでいた。夕方六時草津鉄道で立ってゆく私を見送ろうというのであったが、要するにそうして皆ぐずぐずしていたかったのだ。土間つづきのきたない部屋に、もう酒にも倦《あ》いてぼんやり坐っていると、破障子の間からツイ裏木戸の所に積んである薪が見え、それに夕日が当っている。それを見ていると私は少しずつ心細くなって来た。そしてどれもみな疲れた風をして黙り込んでいる顔を見るとなく見廻していたが、やがてK―君に声かけた。

「ねエK―君、君一緒に行かないか、今日この汽車で嬬恋《つまごい》まで行って、明日川原湯《かわらゆ》泊り、それから関東耶馬渓《やばけい》に沿うて中之条に下って渋川・高崎と出ればいいじゃないか、僅か二日余分になるだけだ。」

みなK―君の顔を見た。彼は例のとおり静かな微笑を口と眼に見せて、

「行きましょうか、行ってよければ行きます、どうせこれから東京に帰っても何でもないんですから。」

と言った。まったくこのうちで毎日の為事《しごと》を背負っていないのは彼一人であったのだ。

「いいなア、羨しいなア。」

とM―君が言った。

「エライことになったぞ、しかし、行き給い、行った方がいい、この親爺《おやじ》さん一人出してやるのは何だか少しかわいそうになって来た。」

と、N―が酔った眼を瞑《と》じて、頭を振りながら言った。

小さな車室、畳を二枚長目に敷いたほどの車室に我ら二人が入って坐っていると、あ

との四人もてんでに青い切符を持って入って来た。彼らの乗るべき信越線の上りにも下りにもまだ間があるのでその間に旧宿まで見送ろうというのだ。感謝しながらざわついていると、直ぐ軽井沢旧宿駅に来てしまった。此処《ここ》で彼らは降りて行った。さようなら、さようなら、また途中で飲み始めなければいいがと気遣《きづか》われながら、さようならさようならと帽子を振った。小諸の方に行くのは三人づれだからまだいいが、一人東京へ帰ってゆくM―君には全く気の毒であった。

我らの小さな汽車、ただ二つの車室しか持たぬ小さな汽車はそれからごっとんごっとんと登りにかかった。曲りくねって登って行く。車の両側はすべて枯れほうけた芒《すすき》ばかりだ。そして近所はかえってうす暗く、遠くの麓の方に夕方の微光が眺められた。

疲れと寒さが闇と一緒に深くなった。登り登って漸《ようや》く六里ヶ原の高原にかかったと思われる頃には全く黒白《あやめ》もわかぬ闇となったのだが、車室には灯を入れぬ。イヤ、一度小さな洋燈《ランプ》を点《とも》したには点したが、すぐ風で消えたのだった。一、二度停車して普通の駅で呼ぶように駅の名を車掌が呼んで通りはしたが、其処《そこ》には停車場らしい建物も灯影も見えなかった。漸く一つ、やや明るい所に来て停った。「二度上」という駅名が見え、海抜三八〇九呎《フイート》と書いた棒がその側に立てられてあった。見ると汽車の窓のツイ側には屋台店を設け洋燈《ランプ》を点し、四十近い女が子を負って何か売っていた。高い台の上に二つほど並べた箱には柿やキャラメルが入れてあった。そのうちに入れ違いに向うから汽車が来るようになると彼女は急いでまず洋燈を持って線路の向う側に行った。其処《そこ》にもまた同じように屋台店が拵《こしら》えてあるのが見えた。そして次ぎ次ぎに其処《そこ》へ二つの箱を運んで移って行った。

この草津鉄道の終点嬬恋《つまごい》駅に着いたのはもう九時であった。駅前の宿屋に寄って部屋に通ると炉が切ってあり、やがて炬燵《こたつ》をかけてくれた。済まないが今夜風呂を立てなかった、向うの家に貰いに行ってくれという。提灯《ちょうちん》を下げた少女のあとをついてゆくとそれは線路を越えた向側の家であった。途中で女中がころんで提灯を消したため手探りで辿《たど》り着いて替る替るぬるい湯に入りながら辛うじて身体を温める事が出来た。その家は運送屋か何からしい新築の家で、家財とても見当らぬようながらんとした大きな囲炉裡《いろり》端《ばた》に番頭らしい男が一人新聞を読んでいた。

十月十八日

昨夜炬燵《こたつ》に入っている時から渓流の音は聞えていたが夜なかに眼を覚してみると、雨も降り出した様子であった。気になっていたので、戸の隙間の白むを待って繰りあけてみた。案の如く降っている。そしてこの宿が意外にも高い崖の上にあって、その真下に渓川《たにがわ》の流れているのを見た。まさしくそれは吾妻《あがつま》川の上流であらねばならぬ。雲とも霧ともつかぬものがその川原に迷い、向う岸の崖に懸り、やがて四辺《あたり》をどんよりと白く閉《とざ》している。便所には草履《ぞうり》がなく、顔を洗おうには洗面所の設《もう》けもないというこの宿屋で、ありがたいのはただ炬燵であった。それほどに寒かった。聞けばもう九月のうちに雪が来たのであったそうだ。

寒い寒いと言いながらも窓をあけて、顎《あご》を炬燵の上に載せたまま二人ともぼんやりと雨を眺めていた。これから六里、川原湯まで濡れて歩くのがいかにも侘《わび》しいことに考えられ始めたのだ。それかといってこの宿に雨のあがるまで滞在する勇気もなかった。酔った勢いでこうした所へ出て来たことがそぞろに後悔せられて、いっそまた軽井沢へ引返そうかとも迷っているうちに、意外に高い汽笛を響かせながら例の小さな汽車は宿屋の前から軽井沢をさして出て行ってしまった。それに乗り遅れれば、午後にもう一度出るまで待たねばならぬという。

が、草津行きの自動車ならばほどなく此処《ここ》から出るということを知った。そしてまた頭の中に草津を中心に地図を拡げて、第二の予定を作ることになった。

そうなると急に気も軽く、窓さきに濡れながらそよいでいる痩せ痩せたコスモスの花も、遥か下に煙って見ゆる渓《たに》の川原も、対岸の霧のなかに見えつ隠れつしている鮮かな紅葉の色も、すべてみな旅らしい心をそそりたてて来た。

やがて自動車に乗る。かなり危険な山坂を、しかも雨中のぬかるみに馳《は》せ登るのでたびたび胆《きも》を冷やさせられたが、それでも次第に山の高みに運ばれて行く気持は狭くうす暗い車中にいてもよく解った。ちらちらと見え過ぎて行く紅葉の色は全く滴《したた》るようであった。

草津ではこの前一度泊った事のある一井旅館というへ入った。私には二度目の事であったが、初めて此処《ここ》へ来たK—君はこの前私が驚いたと同じくこの草津の湯に驚いた。宿に入ると直ぐ、宿の前にある時間湯から例の侘《わび》しい笛の音が鳴り出した。それに続いて聞えて来る湯揉《ゆもみ》の音、湯揉の唄。

私は彼を誘ってその時間湯の入口に行った。中には三、四十人の浴客がすべて裸体になり幅一尺長さ一間ほどの板を持って大きな湯槽《ゆぶね》の四方をとり囲みながら調子を合せて一心に湯を揉《も》んでいるのである。そして例の湯揉の唄を唄う。まず一人が唄い、唄い終ればすべて声を合せて唄う。唄は多く猥雑《わいざつ》なものであるが、しかもうたう声は真剣である。全身汗にまみれ、自分の揉む板の先の湯の泡に見入りながら、声を絞ってうたい続けるのである。

時間湯の温度はほぼ沸騰点に近いものであるそうだ。そのために入浴に先立って約三十分間揉みに揉んで湯を柔らげる。柔らげ終ったと見れば、各浴場ごとに一人ずつついている隊長がそれと見て号令を下す。汗みどろになった浴客は漸《ようや》く板を置いて、やがて暫《しばら》くの間各自柄杓《ひしゃく》を取って頭に湯を注ぐ、百杯もかぶった頃、隊長の号令で初めて湯の中へ全身を浸すのである。湯槽にはいくつかの列に厚板が並べてあり、人はとりどりにその板にしがみ附きながら隊長の立つ方向に面して息を殺して浸るのである。三十秒が経つ。隊長が一種気合をかける心持で或る言葉を発する。衆みなこれに応じて「オオウ」と答える。答えるというより唸《うな》るのである。三十秒ごとにこれを繰返し、かっきり三分間にして号令のもとに一斉に湯から出るのである。その三分間は、僅かに口にその返事を称《とな》うるほか、手足一つ動かす事を禁じてある。動かせばその波動から熱湯が近所の人の皮膚を刺すがためであるという。

この時間湯に入ること二、三日にして腋《わき》の下や股のあたりの皮膚が爛《ただ》れて来る、やがては歩行も、ひどくなると大小便の自由すら利《き》かぬに到る。それに耐えて入浴を続くること約三週間で次第にその爛れが乾き始め、ほぼ二週間で全治する。その後の身心《しんじん》の快さは、殆《ほと》んど口にする事の出来ぬほどのものであるそうだ。そう型通りにゆくわけのものではあるまいが、効能の強いのは事実であろう。笛の音の鳴り響くのを待って各自宿屋から(宿屋には穏かな内湯がある)時間湯へ集る。杖に縋《すが》り、他に負われて来るのもある。そして湯を揉み、唄をうたい、煮ゆるごとき湯の中に浸って、やがてまた全身を脱脂綿に包んで宿に帰って行く。これを繰返すことおよそ五十日間、こうした苦行《くぎよう》が容易な覚悟で出来るものでない。

草津にこの時間湯というのが六カ所にあり、日に四回の時間をきめて、笛を吹く。それにつれて湯揉の音が起り、唄が聞えて来る。

たぎり沸《わ》くいで湯のたぎりしづめむと病人《やまうど》つどひ揉めりその湯を
湯を揉むとうたへる唄は病人《やまうど》がいのちをかけしひとすぢの唄
上野《かみつけ》の草津に来り誰も聞く湯揉《ゆもみ》の唄を聞けばかなしも

十月十九日

降れば馬を雇って沢渡《さわたり》温泉まで行こうと決めていた。起きてみれば案外な上天気である。大喜びで草鞋《わらじ》を穿《は》く。

六里ヶ原と呼ばれている浅間火山の大きな裾野に相対して、白根火山の裾野が南面して起っている。これは六里ヶ原ほど広くないだけに傾斜はそれより急である。その嶮《けわ》しく起って来た高原の中腹のちょっとした窪みに草津温泉はあるのである。で、宿から出ると直ぐ坂道にかかり、五、六町もとろとろと登った所が白根火山の裾野の引く傾斜の一点に当るのである。其処《そこ》の眺めは誠に大きい。

正面に浅間山が方六里に渡るという裾野を前にその全体を露《あら》わして聳《そび》えている。聳ゆるというよりいかにもおっとりと双方に大きな尾を引いて静かに鎮座しているのである。朝あがりのさやかな空を背景に、その頂上からは純白な煙が微かに立ってやがて湯気のように消えている。空といい煙といい、山といい野原といい、すべてが濡れたように静かであった。湿った地《つち》をぴたぴたと踏みながら我ら二人は、いま漸く旅の第一歩を踏み出す心躍りを感じたのである。地図を見ると丁度その地点が一二〇八米突《メートル》の高さだと記してあった。

とりどりに紅葉した雑木林の山を一里半ほども降《くだ》って来ると急に嶮《けわ》しい坂に出会った。

見下す坂下には大きな谷が流れ、その対岸に同じように切り立った崖の中ほどには家の数《かず》十戸か二十戸か一握りにしたほどの村が見えていた。九十九折《つづらおり》になったその急坂を小走りに走り降ると、坂の根にも同じような村があり、普通の百姓家と違わない小学校なども建っていた。対岸の村は生須《なます》村、学校のある方は小雨《こさめ》村というのである。

九十九折《つづらおり》けはしき坂を降り来れば橋ありてかかる峡《かい》の深みに

おもはぬに村ありて名のやさしかる小雨《こさめ》の里といふにぞありける

蚕飼《こがい》せし家にかあらむを壁を抜きて学校となしつ物教へをり

学校にもの読める声のなつかしさ身にしみとほる山里過ぎて

生須《なます》村を過ぎると路はまた単調な雑木林の中に入った。今までは下りであったが、今度はとろりとろりと僅かな傾斜を登ってゆくのである。日は朗らかに南から射して、路に堆《うずたか》い落葉はからからに乾いている。音を立てて踏んでゆく下からは色美しい栗の実がいくつとなく露《あら》われて来た。多くは今年葉である真新しい落葉も日ざしの色を湛《たた》え匂《におい》を含んでとりどりに美しく散り敷いている。おりおりその中に竜胆《りんどう》の花が咲いていた。

さすがに広かった林も次第に浅く、やがて、立枯の木の白々と立つ広やかな野が見えて来た。林から野原へ移ろうとする処であった。我らは双方からおおどかになだれて来た山あいに流るる小さな渓端《たにばた》を歩いていた。そして渓の上にさし出でて、眼覚むるばかりに紅葉した楓《かえで》の木を見出した。

我らは今朝草津を立つとからずっと続いて紅葉のなかをくぐって来ていたのである。楓を初め山の雑木は悉く《ことごと》紅葉していた。あたかも昨日今日がその真盛りであるらしく見受けられた。けれどいま眼の前に見出でて立ち留って思わずも声を挙げて眺めた紅葉の色はまた別であった。楓とは思われぬ大きな古株から六、七本に分れた幹が一斉に渓に傾いて伸びている。その幹とてもすべて一抱えの大きさで丈《たけ》も高い。漸く今日あたりから一葉二葉と散りそめたというように風もないのに散っている静かな輝やかしい姿は、自《おの》ずから呼吸を引いて眺め入らずにはいられぬものであった。二人は路から降《くだ》り、そのさし出でた木の真下の川原に坐って昼飯をたべた。手を洗い顔を洗い、つぎつぎに織りついだように小さな瀬をなして流れている水を掬《く》んでゆっくりと喰べながら、日の光を含んで滴《したた》るように輝いている真上の紅葉を仰ぎ、また四辺《あたり》の山にぴったりと燃え入っている林のそれを眺め、二人とも言葉を交《かわ》さぬ数十分の時間を其処《そこ》で送った。

枯れし葉とおもふもみぢのふくみたるこの紅《くれな》ゐをなんと申さむ
露霜のとくるがごとく天《あま》つ日の光をふくみにほふもみぢ葉

渓川《たにがわ》の真白川原にわれ等ゐてうちたたへたり山の紅葉を

もみぢ葉のいま照り匂ふ秋山の澄みぬるすがた寂しとぞ見し

其処《そこ》を立つと野原にかかった。眼につくは立枯の木の木立である。すべて自然に枯れたものでなく、みな根がたのまわりを斧で伐《き》りめぐらして水気をとどめ、そうして枯らしたものである。半ばは枯れ半ばはまだ葉を残しているのも混っている。見れば楢《なら》の木である。二抱え三抱えに及ぶそれらの大きな老木がむっちりと枝を張って見渡す野原の其処此処《そこここ》に立っている。野には一面に枯れほうけた芒《すすき》の穂が靡《なび》き、その芒の浪を分けてかすかな線条《すじ》を引いたようにも見えているのは植えつけてまだ幾年も経たぬらしい落葉《から》松《まつ》の苗である。この野に昔から茂っていた楢《なら》を枯らして、代りにこの落葉松の植林を行おうとしているのであるのだ。

帽子に肩にしっとりと匂っている日の光をうら寂しく感じながら野原の中の一本路を歩いていると、おりおり鋭い鳥の啼声《なきごえ》を聞いた。久振《ひさしぶ》りに聞く声だとは思いながら定かに思いあたらずにいると、やがて木から木へとび移るその姿を見た。啄木鳥《きつつき》である。一羽や二羽でなく、広い野原のあちこちで啼《な》いている。更にまたそれよりも澄んで暢《の》びやかな声を聞いた。高々と空に翔《ま》いすましている鷹《たか》の声である。

落葉松《からまつ》の苗を植うると神代振《かみよぶ》り古《ふ》りぬる楢をみな枯らしたり
楢《なら》の木ぞ何にもならぬ醜《しこ》の木と古りぬる木々をみな枯らしたり
木々の根の皮剝《は》ぎとりて木々をみな枯木とはしつ枯野とはしつ
伸びかねし枯野が原の落葉松は枯芒よりいぶせくぞ見ゆ
下草のすすきほうけて光りたる枯木が原の啄木鳥《きつつき》の声
枯るる木にわく虫けらをついばむと啄木鳥は啼く此処《ここ》の林に
立枯の木々しらじらと立つところたまたまにして啄木鳥の飛ぶ
啄木鳥の声のさびしさ飛び立つとはしなく啼ける声のさびしさ
紅《くれな》ゐの胸毛を見せてうちつけに啼く啄木鳥の声のさびしさ
白木なす枯木が原のうへにまふ鷹《たか》ひとつ居りて啄木鳥は啼く
ましぐらにまひくだり来てものを追ふ鷹あらはなり枯木が原に
耳につく啄木鳥の声あはれなり啼けるをとほく離《さか》り来りて

ずっと一本だけ続いて来た野中の路が不意に二つに分れる処に来た。小さな道標が立ててある。曰《いわ》く、右沢渡《さわたり》温泉道、左花敷《はなしき》温泉道。

枯芒《かれすすき》を押し分けてこの古ぼけた道標の消えかかった文字を辛うじて読んでしまうと、

私の頭にふらりと一つの追憶が来て浮んだ。そして思わず私は独りごちた、「ほほオ、こんな処から行くのか、花敷温泉には」と。

私は先刻《さつき》この野にかかってからずっと続いて来ている物静かな沈んだ心の何とはなしに波だつのを覚えながら、暫《しばら》くその小さな道標の木を見て立っていたが、K―君が早《は》や四、五間も沢渡道の方へ歩いているのを見ると、そのままに同君のあとを追うた。そして小一町も二人して黙りながら進んだ。が、終《つい》には私は彼を呼びとめた。

「K―君、どうだ、これから一つあっちの路を行って見ようじゃァないか、そして今夜その花敷温泉というのへ泊ってみよう。」

不思議な顔をして立ち留った彼に、私は立ちながらいま頭に影の如くに来て浮んだという花敷温泉に就《つ》いての思い出を語った。三、四年も前である、今度とは反対に吾妻《あがつま》川の下流の方から登って来て草津温泉に泊り、案内者を雇うて白根山の噴火口の近くを廻り、渋峠を越えて信州の渋温泉へ出た事がある。五月であったが白根も渋も雪が深くて、渋峠にかかると前後三里がほどはずっと深さ数尺の雪を踏んで歩いたのであった。その雪の上に立ちながら年老いた案内者が、やはり白根の裾つづきの広大な麓の一部を指して、彼処《あそこ》にも一つ温泉がある、高い崖の真下の岩のくぼみに湧き、草津と違って湯が澄み透っている故に、その崖に咲く躑躅《つつじ》やその他の花がみな湯の上に影を落す、まるで底に花を敷いているようだから花敷温泉というのだ、と言って教えてくれた事があった。丁度《ちょうど》模型地図を見下になるだけ雪が斑《まだ》らになっている遠い麓に、谷でも流れているか、丁度模型地図を見るとおなじくいくつとない細長い窪みが糸屑を散らしたようにこんがらがっている中の一カ所にそんな温泉があると聞いて私の好奇心はひどく動いた。第一、そんなところに人が住んで、そんな湯に浸っているという事が不思議に思われたほど、その時其処《そこ》を遥かな世離れた処に眺めたものであったのだ。それがいま思いがけなく眼の前の棒杭に「左花敷温泉道、これより二里半」と認《したた》めてあるのである。

「どうだね、君行ってみようよ、二度とこの道を通りもすまいし、……その不思議な温泉をも見ずにしまう事になるじァないか。」

その話に私と同じく心を動かしたらしい彼は、一も二もなく私のこの提議に応じた。そして少し後戻って、再びよく道標の文字を調べながら、文字のさし示す方角へ曲って行った。

今までよりは嶮《けわ》しい野路の登りとなっていた。立枯の楢《なら》がつづき、おりおり栗の木も混って毬《いが》と共に笑《え》みわれたその実を根がたに落していた。

夕日さす枯野が原のひとつ路わが急ぐ路に散れる栗の実
音さやぐ落葉が下に散りてをるこの栗の実の色のよろしさ
柴栗の柴の枯葉のなかばだに如《し》かぬちひさき栗の味よさ
おのづから干《ひ》て搗栗《かちぐり》となりてをる野の落栗の味のよろしさ
この枯野猪《しし》も出でぬか猿もゐぬか栗美しう落ちたまりたり
かりそめにひとつ拾ひつ二つ三つ拾ひやめられぬ栗にしありけり

芒《すすき》の中の嶮しい坂路を登りつくすと一つの峠に出た。一歩其処《そこ》を越ゆると片側はうす暗い森林となっていた。そしてそれがまた一面の紅葉の渦を巻いているのであった。北側の、日のささぬ其処《そこ》の紅葉は見るからに寒々として、濡れてもいるかと思わるる色深いものであった。しかし、途中でややこの思い立ちの後悔せらるるほど路は遠かった。一つの渓流に沿うて峡間《はざま》を降《くだ》り、やがてまた大きな谷について凹凸《おうとつ》烈しい山路を登って行った。十戸二十戸の村を二つ過ぎた。引沼村というのには小学校があり、山蔭のもう日も暮れた地面を踏み鳴らしながら一人の年寄った先生が二十人ほどの生徒に体操を教えていた。

先生の一途《いちず》なるさまもなみだなれ家十ばかりなる村の学校に

ひたひたと土踏み鳴らし真裸足《まはだし》に先生は教ふその体操を
先生の頭の禿《はげ》もたふとけれ此処《ここ》に死なむと教ふるならめ

遥か真下に白々とした谷の瀬々を見下しながらなお急いでいると、漸《ようや》くそれらしい二、三軒の家を谷の向岸に見出だした。こごしい岩山の根に貼り着けられたように小さな家が並んでいるのである。

崖を降り橋を渡り一軒の湯宿に入ってまず湯を訊《き》くと、庭さきを流れている渓流の川下の方を指ざしながら、川向うの山の蔭にあるという。不思議に思いながら借下駄を提《さ》げて一、二丁ほど行ってみると、其処《そこ》には今まで我らの見下して来た谷とはまた異《こと》なった一つの谷が、折り畳んだような岩山の裂け目から流れ出して来ているのであった。ひたひたと瀬につきそうな危い板橋を渡ってみると、なるほど其処《そこ》の切りそいだような崖の根に湯が湛《たた》えていた。相並んで二カ所に湧いている。一つには茅葺《かやぶき》の屋根があり、一方には何もない。

相顧みて苦笑しながら二人は屋根のない方へ寄って手を浸してみると恰好《かっこう》な温度である。もう日も翳《かげ》った山蔭の渓《たに》ばたの風を恐れながらも着物を脱いで石の上に置き、ひっそりと清らかなその湯の中へうち浸った。ちょっと立って手を延ばせば渓の瀬に届くのである。

「何だか渓まで温かそうに見えますね」と年若い友は言いながら手をさし延ばしたが、惶《あわ》てて引っ込めて「氷のようだ」と言って笑った。

渓向うもそそり立った岩の崖、うしろを仰げば更に胆《きも》も冷ゆべき断崖がのしかかっている。崖から真横にいろいろ灌木《かんぼく》が枝を張って生《お》い出《い》で、大方散りつくした紅葉がなお僅かにその小枝に名残をとどめている。それが一ひら二ひらと断間《たえま》なく我らの上に散って来る。見れば其処《そこ》に一、二羽の樫鳥《かしどり》が遊んでいるのであった。

真裸体《まはだか》になるとはしつつ覚束《おぼつか》な此処《ここ》の温泉《いでゆ》に屋根の無ければ

折からや風吹きたちてはらはらと紅葉は散り来《く》いで湯のなかに

樫鳥が踏みこぼす紅葉くれなゐに透きてぞ散り来《く》わが見てあれば

二羽とのみ思ひしものを三羽四羽樫鳥ゐたりその紅葉の木に

夜に入ると思いかけぬ烈《はげ》しい木枯《こがらし》が吹き立った。背戸の山木の騒ぐ音、雨戸のはためき、庭さきの瀬々のひびき、枕もとに吊られた洋燈《ランプ》の灯影もたえずまたたいて、眠り難い一夜であった。

十月二十日

未明に起き、洋燈《ランプ》の下で朝食をとり、まだ足もとのうす暗いうちに其処《そこ》を立ち出《い》でた。驚いたのは、その足もとに斑《まだ》らに雪の落ちていることであった。惶《あわ》てて四辺《あたり》を見廻すと昨夜眠った宿屋の裏の崖山が斑々《はんぱん》として白い。更に遠くを見ると、漸く朝の光のさしそめたおちこちの峰から峰が真白に輝いている。

ひと夜寝てわが立ち出づる山かげのいで湯の村に雪降りにけり
起き出でて見るあかつきの裏山の紅葉の山に雪降りにけり
朝だちの足もと暗しせまりあふ峡間《はざま》の路にはだら雪積み
上野《かみつけ》と越後の国のさかひなる峰の高きに雪降りにけり
はだらかに雪の見ゆるは檜《ひ》の森の黒木の山に降れる故にぞ
檜の森の黒木の山にうすらかに降りぬる雪は寒げにし見ゆ

昨日の通りに路を急いでやがてひろびろとした枯芒《かれすすき》の原、立枯の楢《なら》の打続いた暮坂《くれさか》峠の大きな沢に出た。峠を越えて約三里、正午近く沢渡温泉に着き、正栄館というのの二階に上った。此処《ここ》は珍しくも双方に窪地を持つような、小高い峠に湯が湧いているのであった。無色無臭、温度もよく、いい湯であった。此処《ここ》にこのまま泊ろうか、もう二、四里を歩いて四万《しま》温泉へ廻ろうか、それとも直《す》ぐ中之条へ出て伊香保まで延ばそうかと二人していろいろに迷ったが、終《つい》に四万《しま》へ行くことにきめて、昼飯を終るとすぐまた草鞋《わらじ》を穿《は》いた。

私は此処《ここ》で順序として四万温泉の事を書かねばならぬ事を不快におもう。いかにも不快な印象を其処《そこ》の温泉宿から受けたからである。我らの入って行ったのは、というより馬車から降りるとすぐ其処に立っていた二人の男に誘われて行ったのは田村旅館というのであった。馬車から降りた道を真直ぐに入ってゆく広大な構えの家であった。

とろとろと登ってやがてその庭らしい処へ着くと一人の宿屋の男は訊《き》いた。

「エエ、どの位《くら》いの御滞在の御予定でいらっしゃいますか。」

「いいや、一泊だ、初めてで、見物に来たのだ。」

と答えると彼らはにたりと笑って顔を見合せた。そしてその男はいま一人の男に馬車から降りた時強《し》いて私の手から受取って来た小荷物を押しつけながら早口に言った。

「一泊だとよ、何の何番に御案内しな。」

そう言い捨てておいて今一組の商人態《てい》の二人連《づれ》に同じような事を訊き、滞在と聞くや小腰をかがめて向って左手の渓に面した方の新しい建築へ連れて行った。

我らと共に残された一人の男はまざまざと当惑と苦笑とを顔に表わして立っていたが、

「ではこちらへ。」

と我らをそれとは反対の見るからに古びた一棟の方へ導こうとした。私は呼び留めた。

「イヤ僕らは見物に来たので、出来るならいい座敷に通してもらいたい、ただ一晩の事だから。」

「へ、承知しました、どうぞこちらへ。」

案のごとく、ひどい部屋であった。小学校の修学旅行の泊りそうな、幾間《いくま》か打ち続いた一室でしかも間の唐紙《からかみ》なども満足には緊《しま》っていない部屋であった。畳、火鉢、座布団、すべてこれに相応したもののみであった。

私は諦めてその火鉢の側に腰をおろしたが、K―君はまだ洋傘《こうもり》を持ったまま立っていた。

「先生、移りましょう、馬車を降りたツイ横にいい宿屋があったようです。」

人一倍無口で穏かなこの青年が、明かに怒りを声に表わして言い出した。

私もそれを思わないではなかったが、移って行ってまたこれと同じい待遇を受けたならそれこそ更に不快に相違ない。

「止《よ》そうよ、これが土地の風かもしれないから。」

となだめて、急いで彼を湯に誘った。

この分では私には夕餉《ゆうげ》の膳の上が気遣《きづか》われた。で、定《きま》った物のほかに二品ほど附けるようにと註文し、酒の事で気を揉むのをも慮《おもんぱか》って予《あらか》じめ二、三本の徳利を取り寄せ自分で燗《かん》をすることにしておいた。

やがて十五、六歳の小僧が岡持で二品ずつ料理を持って来た。受取って箸をつけていると小僧は其処《そこ》につき坐ったまま、

「代金を頂きます。」

という。

「代金?」

と私は審《いぶか》った。

「宿料かい?」

「いいえ、そのお料理だけです、よそから持って来たのですから。」

思わず私はK—君の顔を見て吹き出した。

「オヤオヤ、君、これは一泊者のせいのみではなかったのだよ、懐中を踏まれたよ。」

十月廿一日

朝、縁に腰かけて草鞋《わらじ》を穿《は》いていても誰一人声をかける者もなかった。帳場から見て見ぬ振《ふり》である。もっとも私も一銭をも置かなかった。旅といえば楽しいものありがたいものと思い込んでいる私は出来るだけその心を深く味わいたいために不自由の中から大抵の処では多少の心づけを帳場なり召使たちなりに渡さずに出た事はないのだが、こうまでも挑戦状態で出て来られると、そういう事をしている心の余裕がなかったのである。

面白いのは犬であった。草鞋を穿いているツイ側に三疋《びき》の仔犬を連れた大きな犬が遊んでいた。そしてその仔犬たちは私の手許《てもと》にとんで来てじゃれついた。頭を撫《な》でてやっていると親犬までやって来て私の額や頰に身体をすりつける。やがて立ち上って門さきを出離れ、何の気なくうしろを振返ると、その大きな犬が私のうしろについて歩いている。仔犬も門の処まで出ては来たがそれからはよう来ぬらしく、尾を振りながらぴったり三疋引き添うてこちらを見て立っている。

「犬は犬好きの人を知ってるというが、ほんとうですね。」

と、幾度追っても私の側を離れない犬を見ながらK—君が言った。

「とんだ見送《みおくり》がついた、この方がよっぽど正直かもしれない。」

私も笑いながら犬を撫でて、

「少し旅を貪《むさぼ》り過ぎた形があるネ、無理をして此処《ここ》まで来ないで沢渡《さわたり》にあのまま泊っておけば昨夜の不愉快は知らずに過ごせたものを……」

「それにしても昨夜はひどかったですネ、あんな目に私初めて会いました。」

「そうかネ、僕なんか玄関払《げんかんばらい》を喰った事もあるにはあるが……、しかしあれは丁度いまこの土地の気風を表わしているのかもしれない、ソレ上州には伊香保があり草津があるでしょう、それに近頃よく四万《しま》四万というようになったものだから四万先生すっかり草津・伊香保と肩を並べ得たつもりになって鼻息が荒い傾向があるのだろうと思う、いわば一種の成金気分だネ。」

「そういえば彼処《あそこ》の湯に入ってる客たちだってそんな奴ばかりでしたよ、長距離電話の利く処に行っていたんじゃア入湯の気持はせぬ、朝晩に何だ彼だとかかって来てうるさくてしようがない、なんて。」

「とにかく幻滅だった、僕は四万と聞くとずっと渓間の、静かなおちついた処とばかり思っていたんだが……ソレ僕の友人のS—ネ、あれがこの吾妻《あがつま》郡の生れなんだ、だから彼からもよくそのように聞いていたし、……、惜しい事をした。」

路には霜が深かった。峰から辷《すべ》った朝日の光が渓間の紅葉に映って、次第にまた濁りのない旅心地になって来た。そして石を投げて辛うじて犬をば追い返した。不思議そうに立って見ていたが、やがて尾を垂れて帰って行った。

十一時前中之条着、折よく電車の出る処だったので直ぐ乗車、日に輝いた吾妻《あがつま》川に沿うて走る。この川は数日前に嬬恋《つまごい》村の宿屋の窓から雨の中に侘《わび》しく眺めた渓流のすえであるのだ。渋川に正午に着いた。東京行沼田行とそれぞれの時間を調べておいて駅前の小料理屋に入った。此処《ここ》で別れてK—君は東京へ帰り私は沼田の方へ入り込むのである。看板に出ていた川魚は何もなかった。鶏をとりうどんをとって別盃を挙げた。軽井沢でのふとした言葉がもとになって思いも寄らぬ処を両人《ふたり》して歩いて来たのだ。時間からいえば僅かだだが、何だか遠く幾山河を越えて来たようなおもいが、盃の重なるにつれて湧いて来た。午後三時、私の方が十分間早く発車する事になった。手を握って別れる。

渋川から沼田まで、不思議な形をした電車が利根川に沿うて走るのである。その電車が二度ほども長い停電をしたりして、沼田町に着いたのは七時半であった。指さきなど、痛むまでに寒かった。電車から降りると直ぐ郵便局に行き、留《と》め置《おき》になっていた郵便物を受取った。局の事務員が顔を出して、今夜何処《どこ》へ泊るかと訊《き》く。変に思いながら渋川で聞いて来た宿屋の名を思い出してその旨《むね》を答えると、そうですかと小さな窓を閉めた。宿屋の名は鳴滝といった。風呂から出て一、二杯飲みかけていると、来客だという。郵便局の人かと訊くと、そうではないという。不思議に思いながらも余りに労《つか》れていたので、明朝来てくれと断った。実際K―君と別れてから急に私は烈しい疲労を覚えていたのだ。しかしやはり気が済まぬので自分で玄関まで出て呼び留めて部屋に招じた。四人連《づれ》の青年たちであった。やはり郵便局からの通知で、私の此処《ここ》にいるのを知ったのだそうだ。そして、

「いま自転車を走らせましたから追っ附けU―君も此処《ここ》へ見えます。」

という。

「アア、そうですか。」

と答えながら、やっぱり呼び留めてよかったと思った。U―君もまた創作社の社友の一人であるのだ。この群馬県利根郡からその結社に入っている人が三人ある事を出立の時に調べて、それぞれの村をも地図で見て来たのであった。そして都合好《よ》くばそれぞれに逢って行きたいものと思っていたのだ。

「それはありがとう、しかしU—君の村は此処《ここ》から遠いでしょう。」

「なアに、一里位《くら》いのものです。」

一里の夜道は大変だと思った。

やがてそのU—君が村の俳人B—君を伴《つ》れてやって来た。もう少しませた人だとその歌から想像していたのに反してまだ紅顔の青年であった。

歌の話、俳句の話、土地の話が十一時過ぎまで続いた。そしてそれぞれに帰って行った。村までは大変だろうからと留めたけれど、U—君たちも元気よく帰って行った。

十月廿二日

今日もよく晴れていた。嬬恋《つまごい》以来、実によく晴れてくれるのだ。四時から強《し》いて眼を覚まして床の中で幾通かの手紙の返事を書き、五時起床、六時過ぎに飯をたべていると、U—君がにこにこしながら入って来た。自宅《うち》でもいいって言いますから今日はお伴《とも》させて下さい、という。それはよかったと私も思った。今日はこれから九里の山奥、越後境三国《みくに》峠の中腹にある法師温泉まで行く事になっていたのだ。

私は河の水上《みなかみ》というものに不思議な愛着を感ずる癖を持っている。一つの流《ながれ》に沿うて次第にそのつめまで登る。そして峠を越せば其処《そこ》にまた一つの新しい水源があって小さな瀬を作りながら流れ出している、という風な処に出会うと、胸の苦しくなるような歓びを覚えるのが常であった。

やはりそんなところから大正七年の秋に、ひとつ利根川のみなかみを尋ねてみようとこの利根の峡谷に入り込んで来たことがあった。沼田から次第に奥に入って、やはり越後境の清水越《ごえ》の根に当っている湯檜曾《ゆびそ》というのまで辿《たど》り着いた。そして其処《そこ》から更に藤原郷というのへ入り込むつもりであったのだが、時季が少し遅れて、もうその辺にも斑《まだ》らに雪が来ており、奥の方には真白妙《ましろたえ》に輝いた山の並んでいるのを見ると、さすがに心細くなって湯檜曾から引返した事があった。しかしその湯檜曾の辺でも、銚子の河口であれだけの幅を持った利根が石から石を飛んで徒渉《としょう》出来る愛らしい姿になっているのを見ると、やはり嬉しさに心は躍ってその石から石を飛んで歩いたものであった。そしていつかお前の方まで分け入るぞよと輝き渡る藤原郷の奥山を望んで思ったものであった。

藤原郷の方から来たのに清水越の山から流れ出して来た一支流が湯檜曾のはずれで落ち合って利根川の渓流となり沼田の少し手前で赤谷《あかや》川を入れ、やや下った処で片品《かたしな》川を合せる。そして漸く一個の川らしい姿になって更に渋川で吾妻川を合せ、此処《ここ》で初めて大利根の大観をなすのである。吾妻川の上流をばかつて信州の方から越えて来て探った事がある。片品川の奥に分け入ろうというのは実は今度の旅の眼目であった。そして今日これから行こうとしているのは、沼田から二里ほど上、月夜野《つきよの》橋という橋の近くで利根川に落ちて来ている赤谷川の源流の方に入って行ってみたいためであった。その殆《ほと》んどつめになった処に法師温泉はあるはずである。

読者よ、試みに参謀本部五万分の一の地図「四万《しま》」の部を開いて見給え。真黒に見えるまでに山の線の引き重ねられた中にただ一つ他の部落とは遠くかけ離れて温泉の符号の記入せられているのを、少なからぬ困難の末に発見するであろう。それが即ち法師温泉なのだ。更にまた読者よ、その少し手前、沼田の方角に近い処に視線を落して来るならば其処《そこ》に「猿ヶ京村」という不思議な名の部落のあるのを見るであろう。私は初め参謀本部のものに拠《よ》らず他の府県別の簡単なものを開いてみてこの猿ヶ京村を見出し、サテもこんな処に村があり、こんな処にも歌を詠《よ》もうと志している人がいるのかと、少なからず驚嘆したのであった。先に利根郡に我らの社中の同志が三人ある旨《むね》を言った。その三人の一人は今日一緒に歩こうというU—君で、他の二人は実にこの猿ヶ京村の人たちであるのである。

月夜野橋に到る間に私は土地の義民 磔《はりつけ》茂左衛門の話を聞いた。徳川時代寛文《かんぶん》年間に沼田の城主真田伊賀守が異常なる虐政を行った。領内利根・吾妻・勢多《せた》三郡百七十七カ村に検地を行い、元高三万石を十四万四千余石に改め、川役・網役・山手役・井戸役・窓役・産毛《うぶけ》役など(窓を一つ設《もう》くれば即ち課税し、出産すれば課税するの意)の雑役《ぞうやく》を設け終《つい》に婚礼にまで税を課するに至った。納期には各村に代官を派遣し、滞納する者があれば家宅を捜索して農産物の種子まで取上げ、なお不足ならば人質を取って皆納するまで水牢に入るるなどの事を行った。この暴虐に泣く百七十七カ村の民を見るに見兼ねて身を抽《ぬき》んでて江戸に出《い》で酒井《さかい》雅楽守《うたのかみ》の登城先に駕訴《かごそ》をしたのがこの月夜野村の百姓茂左衛門であった。けれどその駕訴は受けられなかった。其処《そこ》で彼は更に或る奇策を案じて具《つぶ》さに伊賀守の虐政を認《したた》めた訴状を上野寛永寺なる輪王寺宮《りんのうじのみや》に奉った。幸《さいわい》に宮から幕府へ伝達せられ、時の将軍綱吉も驚いて沼田領の実際を探ってみると果して訴状の通りであったので直ちに領地を取上げ伊賀守をば羽後《うご》山形の奥平家へ預けてしまった。茂左衛門はそれまで他国に姿を隠して形勢を見ていたが、かく願いの叶《かな》ったのを知ると潔く自首するつもりで乞食に身をやつして郷里に帰り僅かに一夜その家へ入って妻と別離を惜み、明方出かけようとしたところを捕えられた。そしていま月夜野橋の架《かか》っているツイ下の川原で磔刑《はりつけ》に処せられた。しかも罪ない妻まで打首となった。漸く蘇生の思いをした百七十七カ村の百姓たちはやれやれと安堵《あんど》する間もなく茂左衛門の捕えられたを聞いて大いに驚き悲しみ、総代を出して幕府に歎願せしめた。幕府も特に評議の上これを許して、茂左衛門赦免の上使を遣わしたのであったが、時僅かに遅れ、井戸上村まで来ると処刑済の報に接したのであったそうだ。

旧沼田領の人々はそれを聞いていよいよ悲しみ、刑場蹟に地蔵尊を建立《こんりゅう》して僅かに謝恩の心を致した。ことにその郷里の人は月夜野村に一仏堂を築いて千日の供養をし、これを千日堂と称《とな》えたが、千日はおろか、今日に到るまで一日として供養を怠らなかった。が、次第にその御堂も荒頽して来たので、この大正六年から改築に着手し、十年十二月竣工、右の地蔵尊を本尊として其処《そこ》に安置する事になった。

こうした話をU—君から聞きながら私は彼《か》の佐倉宗吾の事を思い出していた。事情が全く同じだからである。而《しか》して一は大いに表われ、一は土地の人以外に殆んど知る所がない。そう思いながらこの勇敢な、気の毒な義民のためにひどく心を動かされた。そしてU—君にそのお堂へ参詣したい旨《むね》を告げた。

月夜野橋を渡ると直ぐ取っ着きの岡の上に御堂はあった。田舎にある堂宇としては実に立派な壮大なものであった。そしてその前まで登って行って驚いた。寧《むし》ろ凄いほどの香煙が捧げられてあったからである。そして附近にはただ雀が遊んでいるばかりで人の影とてもない。百姓たちが朝の為事《しごと》に就く前に一人一人此処《ここ》にこの香を捧げて行ったものなのである。一日としてこうない事はないのだそうだ。立ち昇る香煙のなかに佇《たたず》みながら私は茂左衛門を思い、茂左衛門に対する百姓たちの心を思い瞼《まぶた》の熱くなるのを感じた。

堂のうしろの落葉を敷いて暫く休んだ。傍《かたわ》らに同じく腰をおろしていた年若い友はふと何か思い出したように立ち上ったが、やがて私をも立ち上らせて対岸の岡つづきになっている村落を指ざしながら、「ソレ、あそこに日の当っている村がありましょう、あの村の中ほどにやや大きな藁葺《わらぶき》の屋根が見えましょう、あれが高橋お伝《でん》の生れた家です」。

これはまた意外であった。聞けば同君の祖母はお伝の遊び友達であったという。

「今日これから行く途中に塩原多助の生れた家も、墓もありますよ。」

と、なお笑いながら彼は附け加えた。

月夜野村は村とはいえ、古めかしい宿場の形をなしていた。昔は此処《ここ》が赤谷川流域の主都であったものであろう。宿を通り抜けると道は赤谷川に沿うた。

この辺、赤谷川の眺めは非常によかった。十間から二、三十間に及ぶ高さの岩が、楯《たて》を並べたように並び立った上に、かなり老木の赤松がずらりと林をなして茂っているのである。三町、五町、十町とその眺めは続いた。松の下草には雑木の紅葉が油絵具をこぼしたように散らばり、大きく露出した岩の根には微かな青みを宿した清水が瀬をなし淵を作って流れているのである。

登るともない登りを七時間ばかり登り続けた頃、我らは気にしていた猿ヶ京村の入口にかかった。其処《そこ》も南に谷を控えた坂なりの道ばたにちらほらと家が続いていた。中に一軒、古び煤《すす》けた屋根の修繕をしている家があった。丁度《ちょうど》小休みの時間らしく、二、三の人が腰をおろして煙草《タバコ》を喫《す》っていた。

「ア、そうですが、それは……」

私の尋ねに応じて一人がわざわざ立上って煙管《キセル》で方角を指しながら、道から折れた山の根がたの方に我らの尋ぬるM—君の家のある事を教えてくれた。街道から曲り、細い坂を少し登ってゆくと、傾斜を帯びた山畑が其処《そこ》に開けていた。四、五町も畦道《あぜみち》を登ったけれども、それらしい家が見当らない。桑や粟《あわ》の畑が日に乾いているばかりである。幸い畑中に一人の百姓が働いていた。其処《そこ》へ歩み寄ってやや遠くから声をかけた。

「ア、M—さんの家ですか。」

百姓は自分から頰かむりをとって、私たちの方へ歩いて来た。そして、畑に挟まれた一つの沢を越し、渡りあがった向うの山蔭の杉木立の中にある旨《むね》を教えてくれた。それも道を伝って行ったでは廻りになる故、其処《そこ》の畑の中を通り抜けて……とゆびざししながら教えようとして、

「アッ、其処《そこ》に来ますよ、M—さんが……」

と叫んだ。囚人などの冠るような編笠をかぶり、辛うじて尻を被《おお》うほどの短い袖無半纏《そでなしばんてん》を着、股引《ももひき》を穿《は》いた、老人とも若者ともつかぬ男が其処《そこ》の沢から登って来た。そして我らが彼を見詰めて立っているのを不思議そうに見やりながら近づいて来た。

「君はM—君ですか。」

こう私が呼びかけると、じっと私の顔を見詰めたが、やがて合点が行ったらしく、ハッとした風で其処《そこ》に立ち留った。そして笠をとってお辞儀をした。こうして向い合ってみると、彼もまだ三十前の青年であったのである。

私が上州利根郡の方に行く事をば我らの間で出している雑誌で彼も見ていたはずである。しかし、こうして彼の郷里まで入り込んで来ようとは思いがけなかったらしい。驚

いたあまりか、彼は其処《そこ》に突立ったまま殆んど言葉を出さなかった。路を教えてくれた百姓も頰かむりの手拭を握ったまま、ぼんやり其処に立っているのである。私は昨夜沼田に着いた事、一緒にいるのが沼田在の同志U—君である事、これから法師温泉まで行こうとしている事、ちょっとでも逢ってゆきたくて立ち寄った事などを説明した。

「どうぞ、私の家へお出で下さい。」

と漸く色々の意味が飲み込めたらしく彼は安心した風に我らを誘った。なるほど、ツイ手近に来ていながら見出せないのも道理なほどの山の蔭に彼の家はあった。一軒家か、乃至《ないし》は、其処《そこ》らに一、二軒の隣家を持つか、とにかくに深い杉の木立が四辺《あたり》を囲み、湿った庭には杉の落葉が一面に散り敷いていた。大きな囲炉裡端《いろりばた》には彼の老母が坐っていた。お茶や松茸の味噌漬が出た。私は囲炉裡に近く腰をかけながら、

「君は何処《どこ》で歌を作るのです、此処《ここ》ですか。」

と、赤々と火の燃えさかる炉端《ろばた》を指した。土間にも、座敷にも、農具が散らかっているのみで、書籍も机らしいものも其処《そこ》らに見えなかった。

「さア……」

羞《はずか》しそうに彼は口籠《くちごも》ったが、

「何処《どこ》という事もありません、山でも野良《のら》ででも作ります。」と僅かに答えた。私が彼の歌を見始めてから五、六年はたつであろう。幼い文字、幼い詠《よ》みかた、それらがM―という名前と共にすぐ私の頭に思い浮べらるるほど、特色のある歌を彼は作っているのであった。

収穫時の忙しさを思いながらも同行を勧めてみた。暫く黙って考えていたが、やがて母に耳打して奥へ入ると着物を着換えて出て来た。三人連《づれ》になって我らはその杉木立の中の家を立ち出でた。恐らく二度とは訪ねられないであろうその杉叢《すぎむら》が、そぞろに私には振返られた。時計は午後三時をすぎていた。法師までなお三里、よほどこれから急がねばならぬ。

猿ヶ京村でのいま一人の同志H―君の事をM―君から聞いた、土地の郵便局の息子で、今折悪《おりあ》しく仙台の方へ行っている事などを。やがてその郵便局の前に来たので私はちょっと立寄ってその父親に言葉をかけた。その人はいないでも、やはり黙って通られぬ思いがしたのであった。

石や岩のあらわに出ている村なかの路には煙草《タバコ》の葉がおりおり落ちていた。見れば路に沿うた家の壁には悉《ことごと》くこれが掛け乾されているのであった。この頃漸く切り取ったらしく、まだ生々しいものであった。

吹路《ふくろ》という急坂を登り切った頃から日は漸く暮れかけた。風の寒い山腹をひた急ぎに急いでいると、おりおり路ばたの畑で稗《ひえ》や粟《あわ》を刈っている人を見た。この辺ではこういうものしか出来ぬのだそうである。従って百姓たちの常食も大概これに限られているという。かすかな夕日を受けて咲いている煙草の花も眼についた。小走りに走って急いだのであったが、終《つい》に全く暮れてしまった。山の中の一すじ路を三人引っ添うて這うようにして辿った。そして、峰々の上の夕空に星が輝き、相迫った峡間《はざま》の奥の闇の深い中に温泉宿の灯影を見出した時は、三人は思わず大きな声を上げたのであった。

がらんどうな大きな二階の一室に通され、まず何よりもと湯殿へ急いだ。そしてその広いのと湯の豊かなのとに驚いた。十畳敷よりもっと広かろうと思わるる浴槽《ゆぶね》が二つ、それに満々と湯が湛《たた》えているのである。そして、下には頭大の石ころが敷いてあった。乏しい灯影の下にずぶりっと浸りながら、三人はただてんでに微笑を含んだまま、殆んどだんまりのままの永い時間を過した。のびのびと手足を伸ばすもあり、蛙のように浮んで泳ぎの形を為すのもあった。

部屋に帰ると炭火が山のようにおこしてあった。なるほど山の夜の寒さは湯あがりの後の身体に浸みて来た。何しろ今夜は飲みましょうと、豊かに酒をば取り寄せた。鑵詰《かんづめ》をも一つ二つと切らせた。U―君は十九か廿歳、M―君は廿六、七、その二人のがっしりとした山国人の体格を見、明るい顔を見ていると私は何かしら嬉しくて、飲めよ喰べよと無理にも強いずにはいられぬ気持になっていたのである。

其処《そこ》へ一升壜《びん》を提《さ》げた、見知らぬ若者がまた二人入って来た。一人はK―君という人で、今日我らの通って来た塩原多助の生れたという村の人であった。一人は沼田の人で、阿米利加《アメリカ》に五年行っていたという画家であった。画家を訪ねて沼田へ行っていたK―君は、其処《そこ》の本屋で私が今日この法師へ登ったという事を聞き、画家を誘って、あとを追って来たのだそうだ。そして懐中から私の最近に著した歌集『くろ土』を取り出してその口絵の肖像と私とを見比べながら、

「やはり本物に違いはありませんねエ。」

と言って驚くほど大きな声で笑った。

十月廿三日

うす闇の残っている午前五時、昨夜の草鞋《わらじ》のまだ湿っているのを穿《は》きしめてその渓間

の湯の宿を立ち出でた。峰々の上に冴えている空の光にも土地の高みが感ぜられて、自ずと肌寒い。K―君たち二人はきょう一日遊んでゆくのだそうだ。

吹路《ふくろ》の急坂にかかった時であった。十二、三から廿歳までの間の若い女たちが、三人五人と組を作って登って来るのに出会った。真先の一人だけが眼明で、あとはみな盲目である。そして、各自に大きな紺の風呂敷包を背負っている。訊《き》けばこれが有名な越後の瞽女《ごぜ》であるそうだ。収穫前のちょっとした農閑期を狙って稼ぎに出て来て、雪の来る少し前にこうして帰ってゆくのだという。

「法師泊りでしょうから、これが昨夜だったら三味《しゃみ》や唄が聞かれたのでしたがね。」

とM―君が笑った。それを聞きながら私はフッと或る事を思いついたが、ひそかに苦笑して黙ってしまった。宿屋で聞こうよりこのままこの山路で呼びとめて彼らに唄わせてみたかった。しかし、そういう事をするには二人の同伴者が余りに善良な青年である事にも気がついたのだ。驚いた事にはその三々五々の組が二、三町の間も続いた。すべてで三十人はいたであろう。落葉の上に彼らを坐らせ、その一人二人に三味を掻《か》き鳴らさせたならば、けだし忘れ難い記憶になったであろうものをと、そぞろに残り惜しくも振返えられた。這うようにして登っている彼らの姿は、一町二町の間をおいて落葉した山の日向に続いて見えた。

猿ヶ京村を出外《ではず》れた道下の笹の湯温泉で昼食をとった。相迫った断崖の片側の中腹にある一軒家で、その二階から斜め真上に相生橋《あいおい》が仰がれた。相生橋は群馬県で第二番目に高い橋だという事である。切り立った断崖の真中どころに鎹《かすがい》のようにして架《かか》っている。高さ二十五間、欄干に倚《よ》って下を見ると胆《きも》の冷ゆる思いがした。しかもその両岸の崖にはとりどりの雑木が鮮かに紅葉しているのであった。

湯の宿温泉まで来ると私はひどく身体の疲労を感じた。数日の歩きづめとこの一、二晩の睡眠不足とのためである。其処《そこ》で二人の青年に別れて、日はまだ高かったが、一人だけ其処の宿屋に泊る事にした。もっともM―君は自分の村を行きすぎ其処まで見送って来てくれたのであった。U―君とは明日また沼田で逢う約束をした。

一人になると、一層疲労が出て来た。で、一浴後直ちに床を延べて寝てしまった。一時間も眠ったと思う頃、女中が来てあなたは若山という人ではないかと訊く。不思議に思いながらそうだと答えると一枚の名刺を出してこういう人が逢いたいと下に来ているという。見ると驚いた、昨日その留守宅に寄って来たH―君であった。仙台からの帰途沼田の本屋に寄って私たちが一泊の予定で法師に行った事を聞き、ともすると途中で会うかもしれぬと言われて途々気をつけて来た、そしてもう夕方ではあるし、ことによるとこの辺に泊っておらるるかもしれぬと立ち寄って訊いてみた宿屋に偶然にも私が寝ていたのだという。あまりの奇遇に我らは思わず知らずひしと両手を握り合った。

十月廿四日

H—君も元気な青年であった。昨夜、九時過ぎまで語り合って、そして提灯《ちょうちん》をつけて三里ほどの山路を登って帰って行った。今朝は私一人、やはり朗らかに晴れた日ざしを浴びながら、ゆっくりと歩いて沼田町まで帰って来た。打合せておいた通り、U—君が青池屋という宿屋で待っていた。そして昨夜の奇遇を聞いて彼も驚いた。彼はM—と初対面であったと同じくH—をもまだ知らないのである。

夜、宿屋で歌会が開かれた。二、三日前の夜訪ねて来た人たちを中心とした土地の文芸愛好家たちで、歌会とはいっても専門に歌を作るという人々ではなかった。みな相当の年輩の人たちで、私は彼らから土地の話を面白く聞く事が出来た。そして思わず酒をも過して閉会したのは午前一時であった。法師で会ったK—君も夜更けて其処《そこ》からやって来た。この人たちは九里や十里の山路を歩くのを、ホンの隣家に行く気でいるらしい。

十月廿五日

昨夜の会の人たちが町はずれまで送って来てくれた。U―、K―両君だけは、もう少し歩きましょうと更に半道ほど送って来た。其処《そこ》で別れかねてまた二里ほど歩いた。収穫時の忙しさを思って、農家であるU―君をば其処から強《し》いて帰らせたが、K―君はいっそ此処《ここ》まで来た事ゆえ老神《おいがみ》まで参りましょうと、終《つい》に今夜の泊りの場所まで一緒に行く事になった。宿屋の下駄を穿《は》き、帽子もかぶらぬままの姿である。

路はずっと片品川の岸に沿うた。これは実は旧道であるのだそうだが、故《ことさ》らに私はこれを選んだのであった。そうして楽しんで来た片品川峡谷の眺めはやはり私を落胆せしめなかった。ことに岩室というあたりから佳《よ》くなった。山が深いため、紅葉はやや過ぎていたが、なお到る処にその名残を留めてしかも岩の露《あら》われた嶮《けわ》しい山、いただきかけて煙り渡った落葉の森、それらの山の次第に迫り合った深い底には必ず一つの渓が流れて滝となり淵となり、やがてそれがまた随所に落ち合っては真白な瀬をなしているのである。歩一歩と酔った気持になった私は、歩みつ憩いついくつかの歌を手帳に書きつけた。

きりぎしに通へる路をわが行けば天《あま》つ日は照る高き空より
路かよふ崖のさなかをわが行きてはろけき空を見ればかなしも
木々の葉の染まれる秋の岩山のそば路ゆくところかなしも
きりぎしに生《お》ふる百木《ももき》のたけ伸びずとりどりに深きもみぢせるかも
歩みつつこころ怯《お》ぢたるきりぎしのあやふき路に匂ふもみぢ葉
わが急ぐ崖の真下に見えてをる丸木橋さびしあらはに見えて
散りすぎし紅葉の山にうちつけに向ふながめの寒けかりけり
しめりたる紅葉がうへにわが落す煙草の灰は散りて真白き
とり出でて吸へる煙草におのづから心は開けわが憩ふかも
岩蔭の青渦がうへにうかびゐて色あざやけき落葉もみぢ葉
苔むさぬこの荒渓の岩にゐて啼く鶺鴒《いしたたき》あはれなるかも
高き橋此処《ここ》にかかれりせまりあふ岩山の峡《かい》のせまりどころに
いま渡る橋はみじかし山峡《やまかい》の迫りきはまれる此処にかかりて
古《ふ》りし欄干《てすり》ほとほととわがうちたたき渡りゆくかもこの古橋を
いとほしきおもひこそ湧け岩山の峡にかかれるこの古橋に

老神温泉《おいがみ》に着いた時は夜に入っていた。途中で用意した蠟燭《ろうそく》をてんでに点《とも》して本道から温泉宿のあるという川端の方へ急な坂を降りて行った。宿に入って湯を訊くと、少し離れていてお気の毒ですが、と言いながら背の高い老爺《ろうや》が提灯を持って先に立った。どの宿にも内湯はないと聞いていたので何の気もなくその後に従って戸外へ出たが、これはまた花敷温泉とも異《こと》なったたいへんな処へ湯が湧いているのであった。手放しでは降りることも出来ぬ嶮《けわ》しい崖の岩坂路を幾度か折れ曲って辛うじて川原へ出た。そしてまた石の荒い川原を辿る。その中洲のようになった川原の中に低い板屋根を設けて、その下に湧いているのだ。

這いつ坐りつ、底には細かな砂の敷いてある湯の中に永い間浸っていた。いま我らが屋根の下に吊した提灯の灯がぼんやりとうす赤く明るみを持っているだけで、四辺《あたり》は油のような闇である。そして静かにしていれば、疲れた身体にうち響きそうな荒瀬の音がツイ横手のところに起っている。ややぬるいが、柔かな滑らかな湯であった。屋根の下から出てみるとこまかな雨が降っていた。石の頭にぬぎすてておいた着物は早《は》やしっとりと濡れていた。

註文しておいたとろろ汁が出来ていた。夕方釣って来たという山魚《やまめ》の魚田《ぎょでん》も添えてあった。折柄烈《はげ》しく音を立てて降りそめた雨を聞きながら、火鉢を擁して手ずから酒をあたため始めた。

十月廿六日

起きてみると、ひどい日和になっていた。

「困りましたネ、これでは立てませんネ。」

渦を巻いて狂っている雨風や、ツイ渓向うの山腹に生れつ消えつして走っている霧雲を、僅かにあけた雨戸の隙間に眺めながら、朝まだきから徳利をとり寄せた。止《や》むなく滞在ときめて漸くいい気持に酔いかけて来ると、急に雨戸の隙が明るくなった。

「オヤオヤ、晴れますよ。」

そう言うとK―君は飛び出して番傘《ばんがさ》を買って来た。私もそれに頼んで大きな油紙を買った。そして尻から下を丸出しに、尻から上、首までをば僅かに両手の出るようにして、くるくると油紙と紐《ひも》とで包んでしまった。これで帽子をまぶかに冠れば洋傘《こうもり》はさされずとも間に合う用意をして、宿を立ち出でた。そしてほどなく、雨風のまだ全くおさまらぬ路ばたに立ってK―君と別れた。彼はこれから沼田へ、更に自分の村下新田《しもしんでん》まで帰ってゆくのである。

独りになってひた急ぐ途中に吹割の滝というのがあった。長さ四、五町、幅三町ほど、極めて平滑な川床の岩の上を、初め二、三町が間、辛うじて足の甲を潤す深さで一帯に流れて来た水が或る場所に及んで次第に一カ所の岩の窪みに浅い瀬を立てて集り落つる。窪みの深さ二、三間、幅一、二間、その底に落ち集った川全帯の水は、まるで生糸《きいと》の大きな束を幾十百綟《よ》じ集めたように、雪白《せっぱく》な中に微かな青みを含んでくるめき流るる事七、八十間、其処《そこ》でまた急に底知れぬ淵となって青み湛《たた》えているのである。淵の上にはこの数日見馴《みな》れて来た嶮崖が散り残りの紅葉を纏《まと》うて聳《そび》えている。見る限り一面の浅瀬が岩を掩《おお》うて流れているのはすがすがしい眺めであった。それが集るともなく一ところに集り、やがて凄《すさま》じい渦となって底深い岩の亀裂の間を轟《とどろ》き流れてゆく。岩の間から迸《ほとばし》り出た水は直ぐ其処《そこ》に湛えて、静かな深みとなり、真上の岩山の影を宿している。土地の自慢であるだけ、珍しい滝ではあった。

吹割の滝を過ぎるころから雨は霽《は》れてやがて澄み切った晩秋の空となった。片品川の流《ながれ》は次第に痩せ、それに沿うて登る路も漸く細くなった。須賀川から鎌田村あたりにかかると、四辺《あたり》の眺めがいかにも高い高原の趣きを帯びて来た。白々と流れている渓を遥

番傘に書いた即興歌

かの下に眺めて辿ってゆくその高みの路ばたはおおく桑畑となっていた。その桑が普通見るように年々に根もとから伐《き》るのでなく、幹は伸びるに任せておいて僅かに枝先を刈り取るものなので、一抱えに近いような大きな木が畑一面に立ち並んでいるのである。老梅などに見るように半ばは幹の朽ちているものもあった。その大きな桑の木の立ち並んだ根がたにはおおく大豆が植えてあった。既に抜き終ったのが多かったが、稀《まれ》には黄いろい桑の落葉の中にかがんで、枯れ果てたそれを抜いている男女の姿を見ることがあった。土地が高いだけ、冬枯れはてた木立の間に見るだけに、その姿がいかにも侘《わび》しいものに眺められた。

そろそろ暮れかけたころ東小川村に入って、其処《そこ》の豪家C—を訪《と》うた。明日下野《しもつけ》国の方へ越えて行こうとする山の上にある丸沼という沼に同家で鱒《ます》の養殖をやっており、其《そ》処《こ》に番小屋があり番人が置いてあると聞いたので、その小屋に一晩泊めてもらいたく、同家に宛《あ》てての紹介状を沼田の人から貰って来ていたのであった。主人は不在であった。そして内儀から宿泊の許諾を得、番人へ宛てての添手紙をも貰う事が出来た。

村を過ぎると路はまた峡谷に入った。落葉を踏んで小走りに急いでいると、三つ四つ峰の尖《とが》りの集り聳えた空に、望《もち》の夜《よ》近い大きな月の照りそめているのを見た。落葉木の影を踏んで、幸《さいわい》に迷うことなく白根温泉のとりつきの一軒家になっている宿屋まで辿《たど》り着くことが出来た。

此処《ここ》もまた極めて原始的な湯であった。湧き溢れた湯槽《ゆぶね》には壁の破れから射す月の光が落ちていた。湯から出て、真赤な炭火の山盛りになった囲炉裡端《いろりばた》に坐りながら、何はともあれ、酒を註文した。ところが、何事ぞ、ないという。驚き惶《あわ》てて何処《どこ》か近くから買って来てもらえまいかと頼んだ。宿の子供が兄妹づれで飛び出したが、やがて空手で帰って来た。更に財布から幾粒かの銅貨銀貨をつまみ出して握らせながら、も一つ遠くの店まで走ってもらった。

心細く待ち焦《こが》れていると、急に鋭く屋根を打つ雨の音を聞いた。先ほどの月の光の浸み込んでいる頭に、この気まぐれな山の時雨《しぐれ》がいかにも異様に、侘《わび》しく響いた。雨の音と、ツイ縁側のさきを流れている渓川の音とに耳を澄ましているところへぐしょ濡れになって十二と八歳の兄と妹とが帰って来た。そして兄はその濡れた羽織の蔭からさも手《て》柄顔《がらがお》に大きな壜を取出して私に渡した。

十月廿七日

宿屋に酒のなかった事や、月は射しながら烈《はげ》しい雨の降った事がひどく私を寂しがらせた。そして案内人を雇うこと、明日の夜泊る丸沼の番人への土産でもあり自分の飲み代でもある酒を買って来てもらうことを昨夜更《ふ》けてから宿の主人に頼んだのであったが、今朝未明に起きて湯に行くと既にその案内人が其処《そこ》に浸っていた。顔の蒼《あお》い、眼の険しい四十男であった。

昨夜の時雨《しぐれ》がそのままに氷ったかと思わるるばかりに、路には霜が深かった。峰の上の空は耳の痛むまでに冷やかに澄んでいた。渓に沿うて危い丸木橋を幾度か渡りながら、やがて九十九折《つづらおり》の嶮《けわ》しい坂にかかった。それと共に四辺《あたり》はひしひしと立ち込んだ深い森となった。

登るにつれてその森の深さがいよいよ明かになった。自分らのいま登りつつある山を中心にして、それを囲む四周の山が悉《ことごと》くぎっしりと立ち込んだ密林となっているのである。案内人は語った。この山々の見ゆる限りはすべてC―家の所有である、平地に均《な》らして五里四方の上に出ている、そしてC―家は昨年この山の木を或る製紙会社に売り渡した、代価四十五万円、伐採《ばっさい》期間四十五カ年間、一年に一万円ずつ伐り出す割に当り、現にこの辺に入り込んで伐り出しに従事している人夫が百二、三十人に及んでいる事などを。

なるほど、路ばたの木立の蔭にその人夫たちの住む小屋が長屋のようにして建てられてあるのを見た。板葺《いたぶき》の低い屋根で、その軒下には女房が大根を刻み、子供が遊んでいた。そしておりおり渓向うの山腹に大風の通るような音を立てて大きな樹木の倒るるのが見えた。それと共に人夫たちの挙げる叫び声も聞えた。或る人夫小屋の側を通ろうとしてふと立ち停った案内人が、

「ハハア、これだナ。」

と呟《つぶや》くので立ち寄ってみると其処《そこ》には三尺角ほどの大きな厚板が四、五枚立てかけてあった。

「これは旦那、楓《かえで》の板ですよ、この山でもこんな楓は珍しいって評判になってるんですがネ、……なるほど、いい木理《もくめ》だ。」

撫《な》でつ叩きつして暫く彼は其処《そこ》に立っていた。

「山が深いから珍しい木も沢山あるだろうネ。」

私もこれが楓の木だと聞いて驚いた。

「もう一つ何処《どこ》とかから途方もねえ黒檜《くろび》が出たっていいますがネ、みんな人夫頭《がしら》の飲代になるんですよ、会社の人たちァ知りゃしませんや。」

と嘲笑《あざわら》うように言い捨てた。

坂を登り切ると、聳《そび》えた峰と峰との間の広やかな沢に入った。沢の平地には見る限り落葉樹が立っていた。これは楢《なら》でこれが山毛欅《ぶな》だと平常《へいぜい》から見知っているはずの樹木を指されても到底《とうてい》信ずる事の出来ぬほど、形の変った巨大な老木ばかりであった。そしてそれらの根がたに堆《うずたか》く積っている落葉を見れば、なるほど見馴《みな》れた楢の葉であり山毛欅の葉であるのであった。

「これが橡《とち》、あれが桂《かつら》、悪《あく》ダラ、沢胡桃《さわぐるみ》、アサヒ、ハナ、ウリノ木、……」

事ごとに眼を見張る私を笑いながら、初め不気味な男だと思った案内人は行く行く種々の樹木の名を倦《う》みもせずに教えてくれた。それから不思議な樹木の悉くが落葉しはてた中に、おりおり輝くばかりの楓の老木の紅葉しているのを見た。おおかたはもう散り果てているのであるが、極めて稀《まれ》にそうした楓が、白茶けた他の枯木立の中に立混《たちまじ》っているのであった。

そして眼を挙げてみると沢を囲む遠近《おちこち》の山の山腹は殆んど漆黒色に見ゆるばかりに真

黒に茂り入った黒木の山であった。常磐木《ときわぎ》の森であった。

「樅《もみ》、栂《とが》、檜《ひのき》、唐檜《とうひ》、黒檜《くろび》、……、……、」

と案内人はそれらの森の木を数えた。それらの峰の立ち並んだ中にただ一つ白々と岩の穂を見せて聳えているのはまさしく白根火山の頂上であらねばならなかった。

下草の笹のしげみの光りゐてならび寒けき冬木立かも
あきらけく日のさしとほる冬木立《ふゆこだち》木々とりどりに色さびて立つ
時知らず此処《ここ》に生《お》ひたち枝張れる老木を見ればなつかしきかも
散りつもる落葉がなかに立つ岩の苔枯れはてて雪のごと見ゆ
わが過ぐる落葉の森に木《こ》がくれて白根が嶽《たけ》の岩山は見ゆ
遅れたる楓ひともと照るばかりもみぢしてをり冬木が中に
枯木なす冬木の林ゆきゆきて行きあへる紅葉にこころ躍らす
この沢をとりかこみなす樅栂《もみとが》の黒木の山のながめ寒けき
聳ゆるは樅栂の木の古《ふ》りはてし黒木の山ぞ墨色に見ゆ
墨色に澄める黒木のとほ山にはだらに白き白樺ならむ

沢を行き尽すと其処《そこ》に端然として澄み湛えた一つの沼があった。岸から直ちに底知れぬ蒼《あお》みを宿して、屈折深い山から山の根を浸している。三つ続いた火山湖のうちの大尻沼がそれであった。水のあくまでも澄んでいるのと、それを囲む四辺《あたり》の山が墨色をしてうち茂った黒木の山であるのとが、この山上の古沼を一層物寂《ものさ》びたものにしているのであった。

その古沼に端《はし》なく私は美しいものを見た。三、四十羽の鴨《かも》が羽根をつらねて静かに水の上に浮んでいたのである。思わず立ち停って瞳を凝《こ》らしたが、時を経ても彼らはまい立とうとしなかった。路ばたの落葉を敷いて、飽《あ》くことなく私はその静かな姿に見入った。

登り来しこの山あひに沼ありて美しきかも鴨の鳥浮けり
樅黒檜《もみくろび》黒木の山のかこみあひて真澄《ますみ》める沼にあそぶ鴨鳥
見て立てるわれには怯《お》ぢず羽根つらね浮きてあそべる鴨鳥の群
岸辺なる枯草敷きて見てをるやまひたちもせぬ鴨鳥の群を
羽根つらねうかべる鴨をうつくしと静けしと見つつこころかなしも
山の木に風騒ぎつつ山かげの沼の広みに鴨のあそべり
浮草の流らふごとくひと群の鴨鳥浮けり沼の広みに

鴨居りて水《み》の面《も》あかるき山かげの沼のさなかに水皺《みじわ》寄る見ゆ
水皺寄る沼のさなかに浮びゐて静かなるかも鴨鳥の群
おほよそに風に流れてうかびたる鴨鳥の群を見つつかなしも
風たてば沼の隈回《くまみ》のかたよりに寄りてあそべり鴨鳥の群

さらに私を驚かしたものがあった。私たちの坐っている路下の沼のへりに、たけ二、三間の大きさでずっと茂り続いているのが思いがけない石楠木《しゃくなぎ》の木であったのだ。深山の奥の霊木としてのみ見ていたこの木が、他の沼に葭葦《よしあし》の茂るがごとくに立ち生《お》うているのであった。私はまったく事ごとに心を躍らせずにはいられなかった。

沼のへりにおほよそ葦の生《お》ふるごと此処《ここ》に茂れり石楠木の木は
沼のへりの石楠木咲かむ水無月《みなつき》にまた見に来むぞ此処の沼見に
また来むと思ひつつさびしいそがしきくらしのなかをいつ出でて来む
天地《あめつち》のいみじきながめに逢ふ時しわが持ついのちかなしかりけり
日あたりに居りていこへど山の上の凍《し》みいちじるし今はゆきなむ

昂奮の後のわびしい心になりながら沼のへりに沿うた小径の落葉を踏んで歩き出すと、ほどなくその沼の源ともいうべき、清らかな水がかなりの瀬をなして流れ落ちている処に出た。そして三、四十間その瀬について行くとまた一つの沼を見た。大尻沼より大きい、丸沼であった。

沼と山の根との間の小広い平地に三、四軒の家が建っていた。いずれも檜皮葺《ひわだぶき》の白々としたもので、雨戸もすべてうす白く閉ざされていた。不意に一疋《ぴき》の大きな犬が足許《あしもと》に吠えついて来た。胸をときめかせながら中の一軒に近づいて行くと、中から一人の六十近い老爺《ろうや》が出て来た。C—家の内儀の手紙を渡し、一泊を請《こ》い、直ぐ大囲炉裡の榾火《ほたび》の側に招ぜられた。

番人の老爺がただ一人いると私は先に書いたが、実はもう一人、棟続きになった一室に丁度同じ年頃の老人が住んでいるのであった。C—家がこの丸沼に紅鱒《べにます》の養殖を始めると農商務省の水産局からC—家に頼んで其処《そこ》に一人の技手を派遣し、その養殖状態を視《み》る事になって、もう何年かたっている。老人はその技手であったのだ。名をM—氏といい、桃のように尖《とが》った頭には僅かにその下部に丸く輪をなした毛髪を留むるのみで、つるつるに禿げていた。

言葉少なの番人は暫く榾火《ほたび》を焚き立てた後に、私に釣が出来るかと訊《き》いた。大抵釣れるつもりだと答えると、それでは沼で釣ってみないかと言う。実はこちらから頼みたいところだったので、ほんとに釣ってもいいかと言うと、いいどころではない、晩にさしあげるものがなくて困っていたところだからなるだけ沢山釣って来いという。子供のように嬉しくなって早速道具を借り、蚯蚓《みみず》を掘って飛び出した。

「ドレ、俺も一疋《ぴき》釣らしてもらうべい。」

案内人もつづいた。

小舟にさおさして、岸寄りの深みの処にゆき、糸をおろした。いつとなく風が出て、日はよく照っているのだが、顔や手足は痛いまでに冷えて来た。沼をめぐっているのは例の黒木の山である。その黒い森の中にところどころ雪白《せっぱく》な樹木の立ち混っているのは白樺の木であるそうだ。風は次第に強く、やがてその黒木の山に薄らかに雲が出て来た。そして驚くほどの速さで山腹を走ってゆく。あとからあとからと濃く薄く現われて来た。空にも生れて太陽を包んでしまった。

細かな水皺《みじわ》の立ち渡った沼の面《おもて》はただ冷やかに輝いて、水の深さ浅さを見ることも出来ぬ。漸く心のせきたったころ、ぐいと糸が引かれた。驚いて上げてみると一尺ばかりの色どり美しい魚がかかって来た。私にとっては生れて初めて見る魚であったのだ。惶《あわ》てて餌を代えておろすと、またかかった。三疋四疋と釣れて来た。

「旦那は上手だ。」

案内人が側で呟《つぶや》いた。どうしたのか同じところに同じ餌を入れながら彼のには更に魚が寄らぬのであった。一疋二疋とまた私のには釣れて来た。

「ひとつ俺は場所を変えてみよう。」

彼は舟から降りて岸づたいに他へ釣って行った。

何しろ寒い。魚のあぎとから離そうとしては鉤《はり》を自分の指にさし、餌をさそうとしてはまた刺した。すっかり指さきが凍《こご》えてしまったのである。あぎとの血と自分の血とで掌《てのひら》が赤くなった。

丁度《ちょうど》十疋になったを折に舟をつけて家の方に帰ろうとすると一疋の魚を提《さ》げて案内人も帰って来た。三疋を彼に分けてやると礼を言いながら木の枝にそれをさして、やがて沼べりの路をもと来た方へ帰って行った。

洋燈《ランプ》より榾火の焰《ほのお》のあかりの方が強いような炉端《ろばた》で、私の持って来た一升壜の開かれた時、思いもかけぬ三人の大男が其処《そこ》に入って来た。C—家の用でここよりも山奥の小屋へ黒檜《くろび》の板を挽《ひ》きに入り込んでいた木挽《こびき》たちであった。用が済んで村へかえるのだが、もう暮れたから此処《ここ》へ今夜寝させてくれというのであった。迷惑がまざまざと老番人の顔に浮んだ。昨夜の宿屋で私はこの老爺の酒好きな事を聞き、手土産として持って来たこの一升壜は限りなく彼を喜ばせたのであった。これは早《は》や思いがけぬ正月が来たといって、彼は顔をくずして笑ったのであった。そして私がM—老人を呼ぼうというのをも押しとどめて、ただ二人だけでこの飲料をたのしもうとしていたのであった。其処へ彼の知合《しりあい》である三人の大男が入り込んで来て同じく炉端へ腰をおろしたのだ。

同じ酒ずきの私には、この老爺の心持がよく解った。幾日か山の中に寝泊りして出て来た三人が思いがけぬこの匂いの煮え立つのを嗅《か》いで胸をときめかせているのもよく解った。そして此処《ここ》にものの五升もあったらばなア、と同じく心を騒がせながら咄嗟《とっさ》の思いつきで私は老爺に言った。

「お爺《じい》さん、このお客さんたちにも一杯御馳走しよう、そして明日お前さんは僕と一緒に湯元まで降りようじゃアないか、其処《そこ》で一晩泊って存分に飲んだり喰べたりしましょうよ。」

と。

爺さんも笑い、三人の木挽たちも笑いころげた。

僅かの酒に、その場の気持からか、五人ともほとほとに酔ってしまった。小用にと庭へ出てみると、風は落ちて、月が氷のように沼の真上に照っていた。山の根にはしっとりと濃い雲が降りていた。

十月廿八日

朝、出がけに私はM―老人の部屋に挨拶に行った。此処《ここ》には四斗樽ほどの大きな円《まる》い金属製の暖炉が入れてあった。その側に破れ古びた洋服を着て老人は煙管《キセル》をとっていた。私が今朝の寒さを言うと、机の上の日記帳を見やりながら、

「室内三度、室外零度でありましたからなア。」

という発音の中に私は彼が東北生れの訛《なまり》を持つことを知った。そして一つ二つと話すうちに、自身の水産学校出身である事を語って、

「同じ学校を出ても村田水産翁のようになる人もあり、私のようにこんな山の中で雪に埋れて暮すのもありますからなア。」

と大きな声で笑った。雪の来るのももうほどなくであるそうだ。一月、二月、三月となると全くこの部屋以外に一歩も出られぬ朝夕を送る事になるという。

老人は立ち上って、

「鱒《ます》の人工孵化《ふか》をお目にかけましょうか。」

と板囲いの一棟へ私を案内した。其処《そこ》にはいくつとなく置き並べられた厚板作りの長い箱があり、すべての箱に水がさらさらと寒いひびきを立てて流れていた。箱の中には孵《か》えされた小魚が虫のようにして泳いでいた。

昨夜の約束通り私が老番人を連れてその沼べりの家を出かけようとすると、急にM―老人の部屋の戸があいて老人が顔を出した。そして叱りつけるような声で、

「××」

と番人の名を呼んで、

「今夜は帰らんといかんぞ、いいか。」

と言い捨てて戸を閉じた。

番人は途々M―老人に就《つ》いて語った。あれで学校を出て役人になって何十年たつか知らんがいまだに月給はこれこれであること、しかし今はC―家からもいくらいくらを貰っていること、酒は飲まず、いい物はたべず、この上なしの吝嗇《りんしょく》だからただ溜《たま》る一方であること、俺と一緒では何彼《なにか》と損がゆくところからああして自分自身で煮炊をしてたべている事などを。

丸沼のへりを離れると路は昨日終日とおく眺めて来た黒木の密林の中に入った。樅《もみ》、栂《とが》、などすべて針葉樹の巨大なものがはてしなく並び立って茂っているのである。ことに或る場所では見渡す限り唐檜《とうひ》のみの茂っているところがあった。この木をも私は初めて見るのであった。葉は樅に似、幹は杉のように真直ぐに高く、やや白味を帯びて聳《そび》えているのである。そして売り渡された四十五万円の金に割り当てると、これら一抱二抱の樹齢もわからぬ大木老樹たちが平均一本、六銭から七銭の値に当っているのだそうだ。日の光を遮《さえぎ》って鬱然《うつぜん》と聳えている幹から幹を仰ぎながら、私は涙に似た愛惜のこころをこれらの樹木たちに覚えざるを得なかった。

長い坂を登りはてるとまた一つの大きな蒼い沼があった。菅沼といった。それを過ぎてやや平らかな林の中を通っていると、端《はし》なく私は路ばたに茂る何やらの青い草むらを噴きあげてむくむくと湧き出ている水を見た。老番人に訊《たず》ねると、これが菅沼、丸沼、大尻沼の源となる水だという。それを聞くと私は思わず躍り上った。それらの沼の水源といえば、とりも直さず片品川、大利根川の一つの水源でもあらねばならぬのだ。

ばしゃばしゃと私はその中へ踏みこんで行った。そして切れるように冷たいその水を掬《く》み返し掬み返し幾度となく掌に掬んで、手を洗い顔を洗い、頭を洗い、やがて腹のふくるるまでに貪《むさぼ》り飲んだ。

草鞋《わらじ》を埋むる霜柱を踏んで、午前十時四十五分、終《つい》に金精峠《こんせい》の絶頂に出た。真向いにまろやかに高々と聳えているのは男体山《なんたいさん》であった。それと自分の立っている金精峠との間の根がたに白銀色に光って湛えているのは湯元湖であった。これから行って泊ろうとする湯元温泉はその湖岸であらねばならぬのだ。ツイ右手の頭上には今にも崩れ落つるばかりに見えて白根火山が聳えていた。男体山の右寄りにやや開けて見ゆるあたりは戦場ヶ原から中禅寺湖であるべきである。今までは毎日毎日おおく渓間へ渓間へ、山奥へ山奥へと奥深く入り込んで来たのであったが、いまこの分水嶺の峰に立って眺めやる東の方はさすがに明るく開けて感ぜらるる。これからは今までと反対に広く明るいその方角へ向って進むのだとおもうと、自ずと心の軽くなるのを覚えた。

背伸びをしながら其処《そこ》の落葉の中に腰をおろすと、其処には群馬・栃木の県界石が立っていた。そして四辺《あたり》の樹木は全く一葉をとどめず冬枯れている。その枯れはてた枝のさきさきには、既に早《は》やうす茜色に気色《けしき》ばんだ木の芽が丸みを見せて萌えかけているのである。深山の木はこうして葉を落すと直ちに後の新芽を宿して、そうして永い間雪の中に埋もれて過し、雪の消ゆるを待って一度に萌え出《い》ずるのである。

其処《そこ》に来て老番人の顔色の甚しく曇っているのを私は見た。どうかしたかと訊くと、旦那、折角《せっかく》だけれど俺はもう湯元に行くのは止《よ》しますべえ、という。どうしてだ、といぶかると、これで湯元まで行って引返すころになるといま通って来た路の霜柱が解けている、その山坂を酒に酔った身では歩くのが恐ろしいという。

「だから今夜泊って明日朝早く帰ればいいじゃないか。」

「やっぱりそうも行きましねエ、いま出かけにもああ言うとりましたから……」

涙ぐんでいるのかとも見ゆるその澱《よど》んだ眼を見ていると、しみじみ私はこの老爺が哀れになった。

「そうか、なるほどそれもそうかもしれぬ、……」

私は財布から紙幣を取り出して鼻紙に包みながら、

「ではネ、これを上げるから今度村へ降りた時に二升なり三升なり買って来て、何処《どこ》か戸棚の隅にでも隠しておいて独りで永く楽しむがいいや。では御機嫌よう、さようなら。」

そう言い捨つると、彼の挨拶を聞き流して私はとっとと掌を立てたような急坂を湯元温泉の方へ馳《か》け降り始めた。

牧水朗吟の図（茨木猪之吉画）

空想と願望

噴火口のあとともいふべき、山のいただきの、さまで大きからぬ湖。
あたり囲む鬱蒼《うつそう》たる森。
森と湖との間ほぼ一町あまり、ゆるやかなる傾斜となり、青篠密生す。
青篠の尽くるところ、幅三四間、白くこまかき砂地となり、渚に及ぶ。
その砂地に一人寝の天幕を立てて暫《しばら》く暮し度《た》い。
ペンとノートと、
愛好する書籍。
堅牢なる釣洋燈《つりランプ》、
精良な飲料、食料。
石楠木《しやくなぎ》咲き、
郭公《かつこう》、啼《な》く。

誰一人知人に会はないで
ふところの心配なしに、
東京中の街から街を歩き、
うまいといふものを飲み、且《か》つ食つて廻り度《た》い。

遠く望む噴火山のいただきのかすかな煙のやうに、
腹這《はらば》つて覗《のぞ》く噴火口の底のうなりの様《よう》に、
そして、千年も万年も呼吸を続ける歌が詠《よ》み度《た》い。

遠く、遠く突き出た岬のはな、
右も、左も、まん前もすべて浪、浪、
僅かに自分のしりへに陸が続く。
そんなところに、いつまでも、立つてゐたい。

いつでも立ち上つて手を洗へるやう、
手近なところに清水を引いた、
書斎が造り度い。

咲き、散り、
咲き、散る
とりどりの花のすがたを、
まばたきもせずに見てゐたい。
萌えては枯れ、
枯れては落つる、
落葉樹の葉のすがたをも、
また。

山と山とが相迫り、
迫り迫つて

其処《そこ》にかすかな水が生れる。
岩には苔、
苔には花、
花から花の下を、
伝ひ、滴《したた》り、
やがては相寄つて
岩のはなから落つる
一すぢの糸のやうな
まつしろな滝を、
ひねもす見て暮し度い。

いつでも、
ほほゑみを、
眼に、
こころに、

やどしてゐたい。

自分のうしろ姿が、
いつでも見えてるやうに
生き度い。

窓といふ
窓をあけ放つても、
蚊や
虫の
入つて来ない、
夏はないかなア。

日本国中の
港といふ港に、

泊つて歩き度い。

死火山、
活火山、
火山から
火山の、
裾野から
裾野を、
天幕を担《かつ》いで、
寝て歩きたい。

日本国中にある
樹のすがたと、
その名を、
知りたい。

おもふ時に、
おもふものが、
飲みたい。

欲しい時に、
燐寸《マッチ》よ、
あつて呉《く》れ。

煙草《タバコ》の味が、
いつでも
うまくて呉《く》れ。

或る時に
可愛いいやうに、

妻と
子が、
可愛いいと
いい。

おもふ時に
降り
おもふ時に
晴れて呉れ。

眼が覚めたら
枕もとに、
かならず
新聞が
来てるといい。

庭の畑の
野菜に、
どうか、
虫よ、
附かんで呉れ。

麦酒《ビール》が
いつも、
冷えてると、
いい。

朝鮮服の牧水（岡本一平画）

信濃の晩秋

私たちが十一月六日の朝星野温泉を立って沓掛《くつかけ》駅から乗った汽車は軽井沢発新潟行という極めて小さな汽車であった。小型な車室が四つ五つ連結されたままで、がたがたと揺れながら黒い小犬のように浅間の裾野を馳《か》け下るのである。

日はここちよく晴れていた。初め私は朝日のあたる左手の窓に席を取っていたが、小春日にしては少し強すぎる位《くら》いの光線なので、やがて右手に移った。浅間山が近々と仰がるる。二、三日前薄く積っていた頂上の雪は今朝はもう解けて見えない。湯気のような噴煙が穏かに真直ぐに立昇っている。まったく静かな天気だ。

軽井沢から小諸《こもろ》まで一時間あまり、この線路の汽車は全然浅間火山の裾野の林のなかを走るようなものである。時に細い小さな田があり、畑が見ゆるが、それとても極めて稀《まれ》である。林は多く広々した落葉松《からまつ》林で、間に雑木林を混えている。それらが少しもう褪《あ》せてはいるが一面の紅葉の世界を作っているのだ。雑木の中に立つ白樺の雪白《せっぱく》な幹なども我らの眼を惹《ひ》く。車窓から続いてそれら紅葉の原にうららかに日のさしているのを見渡しながら、明るい静かな何という事なく酔ったような気持になっていると、その裾野のはて、遥かに南から西へかけて連《つらな》り渡った山脈の雄々しい姿も自《おの》ずと眼に映って来る。中でも蓼科山《たてしなやま》と想わるる秀《すぐ》れて高い一角には真白に雪の輝いているのが見ゆる。ほどなく小諸駅に着いた。

小諸町は私にとって追懐の深い所である。廿四か五歳早稲田の学校を出て初めて勤めた新聞社の為事《しごと》も面白くなく、一、二年が間夫婦のようにして暮していた女との間も段々気拙《きまず》い事ばかりになり、それと共に生れつき強かった空想癖は次第に強くなって、はてはそうした間に於ける自暴自棄的に荒《すさ》んだ生活が当然齎《もたら》す身体の不健康、そうした種々から到頭《とうとう》東京にいるのが厭《いや》になって、諸国に歌の上の知合《しりあい》の多いのを便宜に三、四年間の計画であてのない旅行に出てしまった。そして第一に足を留めたのが小諸であった。幸い其処《そこ》の知合の一人は医者であった。土地にしては割に大きい或る病院に勤めて、熱心に歌を作っていた。私はまず彼によって身体に浸み込んでいる不快な病毒を除いてもらい、それから更に楽しい寂しい長途の旅に上ろうと思ったのである。かれこれ四カ月も其処にはいたであろう。そんな場合のことで、見るもの、聞くもの、すべてが心を傷《いた》ましめないものはないといっていい位いであった。その小諸駅を通るごとに、その甘いような酸《す》いような昔恋しい記憶は必ずのように心の底から出て来るのが常であった。ことにその朝のように落ちついた、静かな心地の場合、一層それを感じないわけに行かなかった。

其処《そこ》へ小柄な洋服姿の男が惶《あわただ》しく車室へ入って来た。一度入って席を取っておくと同時にまた惶しく身をかえして飛び出した。その顔を見て私はハッと思った。立ち上って窓ガラスをあけながら見廻したが、何処《どこ》に行ったかもう影も見えない。ときめく心に私は思わず微笑《ほほえ》んだ。きっと彼に相違ない、当時其処《そこ》の病院に私が訪ねて行った岩崎君に酷似《そっくり》だと思ったからである。ほどなく彼は手に大きな荷物を提《さ》げて転ぶようにブリッジを降りて来た。その惶《あわ》てた顔！　まさしく彼は医師岩崎樫郎に相違なかった。昔も今も彼の惶て癖は直らぬものと見える。

彼のあとから八、九歳の少年と白髪の老婆とが、これも急いで降りて来た。見送りらしい人たちも二、三引続いた。荷物の世話や惶《あわただ》しい別れの挨拶などが交されている間に汽車は動き出した。発車しても彼はなお何か惶《あわ》てていた。そしてそれこれとポケットを探していたが、舌打をすると共に、

「しまった、切符を落して来た！」

と呟《つぶや》いた。私は立ち上って彼の前に行った。まだ席に着く事もせずにいた彼はツイ眼の前に思いもかけぬ男が笑いながら立っているので、ひどく驚いた。

「やア、どうしたんです？」

彼は私の行っていた頃から少し経《た》って小諸の病院を辞し、郷里の静岡へ帰って開業したが、思うように行かぬのでまた小諸へ戻り、やがて今度諏訪《すわ》郡の或る山村に単独で開業し、ずっと其処《そこ》にいるのだという事を人づてに私は聞いて知っていた。で、小諸で彼を見ようとは私には意外であった。聞けば慈恵医院卒業生で信州に開業している者の懇親会が一昨日上田で開かれ、その帰りを小諸に廻って以前の病院を訪問し、今日諏訪の方へ帰るところなのだそうだ。

「随分久しぶりですねえ、何年になりますかネ、そうだ、十一年、もうそうなりますか、それでもよく一目で僕だと解りましたね。」

「だって一向変っていないじゃァありませんか。」

「真実《まったく》そうだ、あなただって変ってはしませんよ。」

立ったまま相共に大きな声で笑った。変っていない事もない、彼は私より一つ歳上であったと思うが、スルトいま三十六歳、惶《あわ》てることを除いては何処《どこ》にかそれだけの面影を宿して来た。

「阿母《おかあ》さんですか？」

「そうです。これが長男です、コラ、お辞儀をせんか、もうこれで二年生です。」

私は老人に挨拶した。瘦せた、利《き》かぬ気《き》らしい老女と対しながら、彼が二度目の小諸時代に迎えた妻とこの人との間がうまく行かなくて困っているという噂を聞いた事など自ずと思い出されたりした。

小諸を離れると汽車は直ちに千曲川に沿うようになる。今までの森や林とも離れるが、引続いて裾野の穏かな傾斜を降《くだ》ってゆくのだ。日はますます澄んで、まるで酒にも似た熱と匂《におい》とを包んで来た。千曲《ちくま》の岸や流《ながれ》を眺めていると、一層しみじみと当時の事が思い出されて来る。四カ月の間あたかも夏の末から秋にかけてであった、病院に寝ていなければ、私は多くこの千曲の岸に出ていた。さなくば町の裏手を登って無限に広い落葉松林の中に入って行った。疲労と、悔恨と、失望と、空想と、それらで五体を満しながら殆《ほと》んど毎日のようにふらふらと出て歩いていたものであった。やがてなつかしい布引《ぬのびき》山が眼の前に見えて来た。飛沫をあげながら深碧《しんぺき》に流れている千曲の岸から急にそそり立った断崖の山には、真黒な岩壁と、黄葉との配合が誠に鮮《あざや》かに眺められた。

二、三の思い出話が続いて出たが、どうも気がそぐわない。この若いドクトルは一分の手も休めないで見失った切符を探しているのだ。はては老人も手伝って探すことになった。あたかもこの小さい車室全体がその気分で動かされているようにも見ゆるまでに。その間に田中を過ぎ、大屋を過ぎ、上田を過ぎた。どの土地にも私の追懐の残っていない処はない。考えてみれば私はまったくよくこの近所をば彷徨したものだ。切符は終《つい》に出なかったが、上田を過ぎてからは彼もやや落ちついて談話の裡《うち》に入って来た。話していれば十一年の間に当時其処《そこ》で知り合いになった幾人もない中の二人の若い人が死んでいる事などが解った。二人とも肺で倒れたという。

篠の井駅乗換、其処《そこ》で私は酒を買って乗ったが彼は昔の通り殆んど一滴も飲まなかった。私一人でちびちびと重ねながら姨捨《おばすて》の山を登る。いつ見ても見飽かぬ風景だが、今日はこの天気だけに一層趣が深い。うち渡す田も川も遠くを囲んだ山々も皆しんみりと光り煙っている。岩崎君は写真機を取出してあれこれと写していた。

「もう歌は止《や》めて今はこれですよ、この方が僕のような気の短い者には手取早くていい。」

長い隧道《トンネル》を越えて麻績《おみ》、それから西条、明科《あかしな》、田沢と過ぎて午後三時過ぎ松本駅着、私は其処《そこ》でこの旧友とその家族とに別れて同伴の学生門林君と共に下車した。門林君は関西生れで今度一緒に信州に来てみて彼は初めて山らしい山を見たと言って喜んでいたのであった。星野あたりで見る山もいいにはいいが、松本市の在にある浅間温泉から眺むる日本アルプスは更に雄大なものである、ぜひ其処の山を見ておおきなさいと勧めて此処《ここ》へ降りたのである。

松本停車場から浅間温泉へ行くには駅前の乗合自動車に乗るのを常としていたので、のこのこと改札口を出てその発着所へ歩いて行くと既に大勢の人が其処《そこ》に集っている、何かの団体客らしい。そして自動車は一台も見えない。幾度にも往復してこの団体を送り込もうというのであろう。オヤオヤと思いながらとにかく駅の待合室に入って、見るともなく時間表を見ているうちにふと或る事を私は考えついた。そして門林君を顧みた。

「ねエ君、君はアルプスの山を遠くから望むのがいいか、それとも直《す》ぐその麓から見上ぐるのがいいか。」

けげんな顔をしていた彼は、

「それは麓からの方がよさそうに思われます」という。

「では君これからいい処へ行こう、浅間よりその方がよさそうだ。」

慌《あわ》てて私は切符を買うと、とある汽車に乗り移った。此処《ここ》からこの軽便鉄道によって終点に当っている北安曇《きたあずみ》郡の大町まで行こうと思いついたのだ。山を見るにもよく、ことに其処《そこ》には親しい友人もいるので、急に逢いたくもなったのであった。

今朝沓掛《くつかけ》から篠の井まで乗ったのより更に小さい車室の汽車がごとごとと走り出すと、私は急に身体の疲労を感じた。今までは珍しく会った友人に気を取られて忘れていたのであろうがとにかくもう六時間あまり坂路ばかりの汽車に乗り続けて来ているのである。昨今の自分の身体の疲れるのも無理はないなどと思い出すと、やはり浅間まで一里あまり、俥《くるま》ででも行ってゆっくりと綺麗な温泉に入る方がよかったかしれぬと、心細い愚痴《ぐち》が出て来たが、もう追い附かなかった。これから大町まで二時間ほどかかる、どうかして眠ってでも行きたいと努めたが、車体の動揺の烈《はげ》しいのと、これも急に身に浸みて来た寒さとで到底眠れそうもない。ただ眼を瞑《つむ》って小さくなっていた。

山国の事で、暮れるとなると瞬《またた》く間に日は落ちてしまう。何という山だか、豊かに雪を被《かぶ》った上にうす赤く夕日が残っていたがほどなくそれも消え去ると忽《たちま》ちのうちに夜が襲って来た。近々と其処《そこ》らに迫って聳《そび》えているとりどりの山の峰にはいつの間にか雲が深く降りて来た。麓から麓にかけては暮靄《ぼあい》が長く長く棚引いて、芥火《あくたび》でもあるか諸所に赤い炎の上っている所も見ゆる。軽鉄《けいてつ》の事で、駅々の停車時間も極めて区々《まちまち》である。ある所では十分も二十分も停っているように思われた。車室から出てみると今まで気がつかなかったが、月が出ていた。仰げば眼上《まうえ》に迫って幾重にも重《かさな》りながら雲を帯びているアルプス連山の一列前に確かに有明山《ありあけ》だと思わるる富士型の峰が孤立したように半面に月を受け、半面は墨絵の色ふかく高々と聳えている。この山にのみ雲がいない。しかし、何という寒さだろう、永くは立ってもいられない。

寒さと心細さに小さくなっている間に午後六時何分、漸《ようや》く大町に着いた。友人中村柊花はこの町の郡役所に勤めているのだが、この頃引き移ったその下宿をばすっかり私は忘れていた。とにかく彼に逢っておきたいと思ったので停車場とは反対の位置に町を突き抜けた所にあるという郡役所までまず行ってみる事に決めた。九時間近くの汽車で筋《すじ》張《ば》り果てた脚には寧《むし》ろ歩くことが快かったが、山下しの風がひしひしと耳の辺を刺すには弱った。片割月《かたわれづき》が冬枯れ果てた町の上に森《しん》として照っている。郡役所には灯が明るく点《とも》って宿直の人らしいのが為事《しごと》をしていた。中村君の下宿を聞いて更に其処《そこ》に行く。老婆が二人、囲炉裡《いろり》に寄って茶を飲んでいたが当《とう》の友人はいなかった。多分何処《どこ》その茶屋で宴会でもあるらしいという事であった。多分そんな事になりはせぬかと心配して来たのであったが、運悪く的中した。附近の宿屋の名を老婆に訊《たず》ねて、名刺を置きながら、其処を出た。

宿は対山館といった。思い出せばかねてから折々聞いていたその名である。アルプスに登る人で、というより広く登山に興味を持つ人でこの名を知らぬ人は少なかろう位いに思われるまでその道の人のために有名な宿なのだ。通されたのは三階の馬鹿に広い部屋であった。やれやれと手足を投げて長くなった。とにかくまず風呂に行く。指先一つ動かさず、ただ茫然と温《あたたま》っている所へ、女中が来て、「中村さんって方がいらっしゃいました」という。

「えッ!」と思わず湯の中で立上った。もしかすると、という希望で心当りの料理屋に電話をかけてもらうように女中に頼んでおいたのであったが、それがうまく的中したのであった。

急に周章《うろた》えて湯から出た。既に真赤に酔っている中村柊花は坐りもやらず広い部屋の真中に突立っていた。

固く手を握り合ったまま、二、三語も発せぬうちに私は彼に引張られて宿を出た。驚いている門林君も一緒であった。今まで彼らが飲んでいたというのの隣の料理屋に上って、早速《さっそく》酒が始った。肴《さかな》は土地名物の焼鳥である。疲れと心細さで凍っていた五体を焼きながら廻ってゆく酒の味は全く何にたとえようもなかった。其処《そこ》へ同じく旧知の榛葉胡鬼子君も中村君の注進によって馳《か》けつけて来た。一別以来の挨拶や噂話が混雑しながら一渡《ひとわた》り取り交わされると漸く座も落ち着いて、改めて歌の話や我らの間で出している雑誌の話などがしんみりと出て来た。その頃にはもういち早く酒の酔《よい》も廻っていた。やがて一人二人と加《くわ》わっていつの間にか五、六人にもなっていた芸者たちの踊が始まるようになると大男同志の中村君も榛葉君もよろよろと立上って一緒になって踊り出した。

木曾のおん嶽《たけ》、夏でも寒い、袷《あわせ》やりたや、足袋《たび》添えて、

袷ばかりは、やられもせまい、襦袢《じゅばん》したてて、帯そえて、

木曾へ木曾へと、皆行きたがる、木曾は居《い》よいか、住みよいか、

宿屋に帰って床についたは二時か三時、水を飲みたさに眼を覚すと荒らかに屋根に雨らしい音が聞ゆる。昨夜料理屋の三階から見た月の山岳の眺めはまだ心に残っているものをと不思議に思いながら、起き上って雨戸を細目にあけてみると、夜はいつやら明け

離れて、四顧茫々とただ雲か霧かが立て罩《こ》めたなかに、これはまた大粒の雨がしゅっしゅっと矢のように降り注いでいるのであった。

白骨温泉

嶮《けわ》しい崖下の渓間《たにま》に、宿屋が四軒、蕎麦《そば》屋が二軒、煎餅《せんべい》や絵葉書などを売る小店が一軒、都合《つごう》ただ七軒の家が一握りの狭い処に建って、そして郵便局所在地から八里の登りでその配達は往復二日がかり、乗鞍嶽《のりくらだけ》の北麓に当り、海抜四、五千尺(?)春五月から秋十一月までが開業期間でその他の五カ月は犬一疋《いっぴき》残る事なく、それより三里下の村里に降《くだ》って、あとはただ全く雪に埋れてしまう、と言えば大抵信州白骨《しらほね》温泉の概念は得られる事と思う。そして胃腸に利《き》く事は恐らく日本一であろうという評判になっている。

松本市から島々《しましま》村まではたしか四里か五里、この間はいろいろな乗物がある。この島々に郵便局があるのである。其処《そこ》から稲扱《いねこき》村まで二里、此処《ここ》に無集配の郵便局があって、附近の物産の集散地になっている。それより梓川《あずさがわ》に沿うて六里、殆《ほと》んど人家とてもないような山道を片登りに登ってゆくのだ。この間の乗物といえばまず馬であるが、それも私の行った時には道がいたんで途絶《とぜつ》していた。ただ旧道をとるとすると白骨より三里ほど手前に大野川という古びた宿場があって、其処を迂回《うかい》する事になり、辛うじて馬の通わぬ事もないという話であった。温泉はすべてこの大野川の人たちが登って経営しているのだ。女中も何もみな大野川の者である。雪が来るようになると、夜具も家具もそのままにしておいて、七軒家の者が残らずこの大野川へ降りて来るのだ。客を泊めるのは大抵十月一杯で、あとは多く宿屋の者のみ残り、いよいよ雪が深くなってどんな泥棒も往来出来なくなるのを見ると、大きな家をがら空きにしたますますべて大野川に帰って来るのだそうだ。稀《まれ》な大雪が来ると、大野川全体の百何十人が総出となって七軒の屋根の雪を落しに行く、そうしないと家がつぶれるのだそうだ。

信州は養蚕の国である。春蚕・夏蚕・秋蚕と飼いあげるとその骨休めにこの山の上の温泉に登って来る。多い時は四軒の宿屋、といっても大きいのは二軒だけだが、この中へ八百人から千人の客を泊めるのだそうだ。大きいといっても知れたもので、勿論一人もしくは一組で一室を取るなどという事はなくいわゆる追い込みの制度で出来るだけの数を一つの部屋の中へ詰め込もうとするのである。たたみ一畳ひと一人の割が贅沢《ぜいたく》となる場合もあるそうだ。彼らの入浴期間はまず一週間、永くて二週間である。それだけ入って行けば一年中無病息災で働き得るという信念で年々登って来るらしい。それは九月の中頃から十月の初旬までで、それがすぎて稲の刈り入れとなると、めっきり彼らの数は減ってしまう。

私の其処《そこ》に行っていたのは昨年の九月二十日から十月十五日までであった。やはり年来の胃腸の痛みを除くために、その国の友人から勧められ遥々《はるばる》と信州入りをして登って行ったのであった。松本まで行って、其処でたたみ一畳ひと一人の話を聞くと、折柄《おりから》季節にも当っていたので、とてももう登る元気はなくなったのであったが、不思議にまた蕎麦《そば》の花ざかりのその季節の湯がよく利くのだと種々説《と》き勧められて、半ば泣く泣く登って行ったのであった。前に言った稲扱《いねこき》からの道で馬の事を訊《たず》ねたほど、その頃私の身体は弱っていた。

が、行ってみると案外であった。その年は丁度《ちょうど》欧洲戦あとの経済界がひどく萎縮していた時だとかで、繭《まゆ》や生糸《きいと》の値ががた落ちになっていたため、それらで一年中の金をとるお百姓たちのひどく弱っている場合であったのだそうだ。白骨の湯に行けば繭の相場が解ると言われているほど、その影響は早速その山の上の湯にひびいて、私の行った時は例年の三分の一もそれらの浴客が来ていなかった。一番多かった十月初旬の頃で四、五百人どまりであった。ために私は悠々と滞在中一室を占領する事も出来たのであった。

彼らの多くは最も休息を要する爺さん婆さんたちであるが、若者も相当に来ていた。そしてそうした人里離れた場所であるだけその若者たちの被解放感は他の温泉場に於けるより一層甚だしく、入湯にというよりただ騒ぎに来たという方が適当なほどよく騒いだ。騒ぐといっても料理屋があるではなく(一軒の蕎麦屋がさし当りその代理を勤めるものであるが)宿屋の酒だとて里で飲むよりずっと割が高くなっているのでさまでは飲まず、ただもう終日湯槽《ゆぶね》から湯槽を裸体のまま廻り歩いて、出来るだけの声を出して唄を唄うのである。唄といってもただ二種類に限られている。曰《いわ》く木曾節、曰く伊奈節、共に信州自慢の俗謡であるのだ。また其処《そこ》に来る信州人という中にも伊奈谷、木曾谷の者が過半を占めているようで、従ってこの二つの唄が繁昌するのである。朝はまず二時三時からその声が起る、そして夜は十一時十二時にまで及ぶ。私は最初一つの共同湯に面した部屋にいたのであるが、終《つい》にその唄に耐え兼ねてずっと奥まった小さな部屋へ移してもらったのであった。しかし、久しくきいているうちに、その粗野や無作法を責むるよりも、いかにも自然な原始的な娯楽場を其処に見るおもいがして、いつか私は渋面《じゆうめん》よりも多く微笑を以てそれに面するようになった。粗野ではあっても、卑しいいやらしい所は彼らには少なかった。これは信州の若者の一つの特色かもしれぬ。

湯は共同湯で、二カ所に湧く。内湯のあるのは私のいた湯本館だけであったが、それは利目《ききめ》が薄いとかいって多く皆共同湯に行って浸っていた。多勢いないと騒ぐに張合《はりあい》がないのであろうと私は割合にその内湯の空くのをいつも喜んでいた。サテ、湯の利目であるが、私はその湯に廿日あまりを浸って、其処《そこ》から焼嶽《やけだけ》を越えて飛騨《ひだ》の高山に出、更に徒歩して越中の富山に廻り、其処から汽車で沼津に帰って来たのであったが、初め稲扱から白骨まで六里の道を危ぶんだ身にあとでは毎日十里十一、二里の山道を続けて歩き得たのも、見ようによっては湯の利目だと見られぬこともない。しかし私は温泉の効能がそう眼《ま》のあたりに表わるるものとは思わぬ者である。胃腸の事はとにかく、風邪にも弱い私が昨年の冬を珍しく無事に過し得たのは(もっとも伝染性の流感には罹《かか》ったが)一に白骨のお蔭だと信じている。其処の湯に三日入れば三年風邪を引かぬとも称《とな》えられているのだそうだ。

山の上の癖に、渓間であるため眺望というものの利かぬのは意外であった。渓もまた渓ともいえぬ極めて細いものであった。八、九町も急坂を登ると焼嶽と相向うて立つ高台があった。紅葉が素敵であった。十月に入ると少しずつ色づきそめて、十日前後二、三日のうちにばたばたと染まってしまった。それこそ全山燃ゆるという言葉の通りであった。附近の畑にはただ一種蕎麦《そば》のみが作られていた。「蕎麦の花ざかり」の言葉もそれから出たものであろうと思われた。

私は時間の都合さえつけば今年の秋も登って行きたいものと思っている。夏がいい、夏ならば東京からも相当に客が来るのでお話相手もあろうから、と宿の者は繰返して言っていたが、それよりも寧《むし》ろ芋を洗うような伊奈節を聞く方が白骨らしいかもしれぬ。それに一時はアルプスの登山客で大変だそうだ。私の考えているのは、それらの何にもが影を消すであろう十月の半ばから雪のちらちらやって来る十一月の半ば頃まで、ぽっちりとその世ばなれのした湯の中へ浸っていたいということだ。無論、ウイスキーに何か二、三種のよき鑵詰《かんづめ》などどっさり用意してだ。其処《そこ》から四里にして上高地《かみこうち》、六里にして飛騨の平湯《ひらゆ》がある。共に焼嶽をめぐった、雲の中の温泉である。

木枯紀行

――ひと年《とせ》にひとたび逢はむ斯《か》く言ひて別れきさなり今ぞ逢ひぬる――

十月二十八日。

御殿場《ごてんば》より馬車、乗客はわたし一人、非常に寒かった。馬車の中ばかりでなく、枯れかけたあたりの野も林も、頂きは雲にかくれ其処《そこ》ばかりがあらわに見えている富士山麓一帯もすべてが陰鬱で、荒々しくて、見るからに寒かった。

須走《すばしり》の立場で馬車を降りると丁度《ちょうど》其処に蕎麦《そば》屋があった。これ幸いと立寄り、まず酒を頼み、一本二本と飲むうちにやや身内が温くなった。仕合せと傍《かた》えの障子に日も射して来た。過ぎるナ、と思いながら三本目の徳利をあけ、女中に頼んで買って来てもらった着茣蓙《きござ》を羽織り、脚軽く蕎麦屋を立ち出《い》でた。

宿場を出はずれると直《す》ぐ、右に曲り、近道をとって籠坂峠《かごさか》の登りにかかった。おもいのほかに嶮《けわ》しかった。酒は発する、息は切れる、幾所《いくところ》でも休んだ。そしていつもの通り旅行に出る前には留守中の手当為事《てあてしごと》で睡眠不足が続いていたので、休めば必ず眠くなった。一、二度用心したが、終《つい》にある所で、萱《かや》か何かを折り敷いたまますうとうとと眠ってしまった。

「モシモシ、モシモシ。」

呼び起されて眼を覚すと我知らずはっとせねばならなかったほど、気味の悪い人相の男がわたしの前に立っていた。顔に半分以上の火傷《やけど》があり眼も片方は盲《めし》いて引吊《ひきつ》っていた。

「風邪をお引きになりますよ。」

わたしの驚きをいかにも承知していたげにその男は苦笑して、言いかけた。

わたしはやや恥しく、惶《あわ》てて立ち上って帽子をとりながら礼を言った。

「登りでしたら御一緒に参りましょう。」

とその若い男は先に立った。

酒を過して眠りこけていた事をわたしは語り、彼は東京の震災でこの火傷を負うた旨《むね》を語りつつ、峠に出た。

吉田で彼と別れた。彼は何か金の事で東京から来て、昨日は伊豆の親類を訪ね、今日はこれより大月の親類に廻って助力を乞うつもりだというような事を問わず語りに話し出した。いかにも好人物らしく、彼が同意するならば一緒に今夜吉田で泊るも面白かろうなどとわたしは思うた。が、先を急ぐといって、そそくさと電車に乗って彼は行ってしまった。

ほんのちょっとの道づれであったが、別れてみれば淋しかった。それにいつか暮れかけては来たし、風も出、雨も降り出した。そのまま、吉田で泊ろうかとよほど考えたが、やはり予定通り河口湖の岸の船津まで行く事にし、両手で洋傘《こうもり》を持ち、前こごみになって、小走りに走りながら薄暗い野原の路を急いだ。

午後七時、湖岸の中屋ホテルというに草鞋《わらじ》をぬいだ。

十月二十九日。

宿屋の二階から見る湖にはこまかに雨が煙っていたが、やや遅い朝食の済む頃にはどうやら晴れた。同宿の郡内屋(土地産の郡内織を売買する男だそうで女中が郡内屋さんと呼んでいた)と共に俄《にわ》かに舟を仕立て、河口湖を渡ることにした。

真上に仰がるべき富士は見えなかった。ただ真上に雲の深いだけ湖の岸の紅葉が美しかった。岸に沿うた村の柿の紅葉がことに眼立った。ここらの村は湖に沿うていながら井戸というものがなく、飲料水には年中苦労しているのだそうだ。熔岩《ようがん》地帯であるためだという。

渡りあがった所の小村で郡内屋と別れ、ルックサックの重みを快く肩に背に感じながらわたしはいい気持で歩き出した。直ぐ、西湖《さいこ》に出た。小さいながらに深く湛《たた》えているこの湖の縁を歩きつくした所に根場《ねんば》という小さな部落があった。所の祭礼らしく、十軒そこそこの小村に幟《のぼり》が立てられ、太鼓の音が響いていた。

ふと見ると村に不似合《ふにあい》の小綺麗《こぎれい》なよろず屋があった。わたしは其処《そこ》に寄り、酒と鑵詰《かんづめ》とを買い、なお内儀の顔色をうかがいながらおむすびを握ってもらえまいかと所望してみた。お安いことだが、今日は生憎《あいに》くお赤飯だという。なお結構ですと頼んで、揃ったそれらを風呂敷に包んで提《さ》げながら、其処を辞した。今朝、雨や舟やで、宿屋でこれを用意するひまがなく、また急げば昼までには精進湖《しょうじこ》まで漕ぎつけるつもりで立って来たのであった。しかし、次第に天気の好《よ》くなるのを見ていると、これから通りかかるはずの青木が原をそう一気に急いで通り過ぎることは出来まいと思われたので、店のあったを幸いに用意したのであった。

樹海などと呼びなされている森林青木が原の中に入ったはそれから直ぐであった。なるほど好《よ》き森であった。上州・信州あたりの山奥に見る森林の鬱蒼《うっそう》たる所はないが、明るく、しかも寂《さ》びていた。木に大木なく、しかもすべて相当の樹齢を持っているらしかった。これは土地が一帯に火山岩の地面で、土気《つちけ》の少ないためだろうと思われた。それでいて岩にも、樹木の幹にも、みな青やかな苔《こけ》がむしていた。

多くは針葉樹の林であるが、中に雑木も混り、とりどりに紅葉していた。中でも楓《かえで》が一番美しかった。楓にも種類があり、葉の大きいのになるとわたしの掌をひろげても及ばぬのがあった。小さいのは小さいなりに深い色に染《そま》っていた。多くは栂《とが》らしい木の、葉も幹も真黒く見えて茂っているなかにこれらの紅葉は一層鮮かに見えた。

わたしは路をそれて森の中に入り、人目につかぬような所を選んで風呂敷包を開いた。空が次第に明るむにつれ、風が強くなった。あたりはひどい落葉の音である。樅《もみ》か栂のこまかい葉が落ち散るのである。雨のような落葉の音の中に混って頻《しき》りに山雀《やまがら》の啼《な》くのが聞える。よほど大きな群らしく、相引いて次第に森を渡ってゆくらしい。と、ツイ鼻先の栂の木に来て樫鳥《かしどり》が啼き出した。これは二羽だ。例の鋭い声でけたたましく啼き交わしている。

長い昼食を終ってわたしはまた森の中の路を歩き出した。誰一人ひとに会わない。歩きつ休みつ、一時間あまりもたった頃、森を出外《ではず》れた。そして其処《そこ》に今までのいずれよりも深く湛えた静かな湖があった。精進湖である。客もなかろうにモーターボートの渡舟が岸に待っていた。快い速さで湖を突っ切り、山の根っこの精進村に着いた。山田屋というに泊る。

十月三十日。

宿屋に瀕死の病人があり、こちらもろくろくえ眠らずに一夜を過した。朝、早く立つ。坂なりの宿場を通り過ぎるといよいよ嶮《けわ》しい登りとなった。名だけは女坂峠という。掘割りのようになった凹みの路には堆《うずたか》く落葉が落ち溜ってじとじとに濡れていた。越え終って渓間《たにま》に出、渓沿いに少し歩き渓を渡ってまた坂にかかった。右左口《うばぐち》峠という。この坂は路幅も広く南を受けて日ざしもよかったが、九十九折《つづらおり》の長い長い坂であった。退屈しいしい登りついた峠で一休みしようと路の左手寄りの高みの草原に登って行ってわたしは驚喜の声を挙げた。ふと振返って其処《そこ》から仰いだ富士山が如何《いか》に近く、如何に高く、而《そ》してまたいかばかり美しくあったことか。

空はむらさきいろに晴れていた。その四方の空を占めて天心近く暢《の》びやかに聳《そび》え立っている山嶺を仰ぐにはこちらも身を頭をうち反《そ》らせねばならなかった。今日の深い色の空の真中に立つこの山にもまた自《おの》ずと深い光が宿っていた。半ばは純白の雪に輝き、なかばは山肌の黒紫《くろむらさき》が沈んだ色に輝いていた。而《そ》してその山肌には百千の糸巻の糸をほどいて打ち垂らしたように雪がこまかに尾を引いてしずれ落ちているのであった。

峠を下り、やや労《つか》れた脚で笛吹川を渡ろうとすると運よく乗合馬車に出会ってそれで甲府に入った。甲府駅から汽車、小淵沢《こぶちざわ》駅下車、改札口を出ようとすると、これは早《は》や、かねて打合せてあった事ではあるが信州松代《まつしろ》在から来た中村柊花君が宿屋の寝衣を着て其処《そこ》に立っていた。

「やア！」

「やア！」

打ち連れて彼の取っていた宿いと屋というに入った。

親しい友と久し振《ぶり》に、しかもこうした旅先などで出逢って飲む酒位《くら》いうまいものはあるまい。風呂桶の中からそれを楽しんでいて、サテ相対して盃を取ったのである。飲まぬ先から心は酔うていた。

一杯一杯が漸《ようや》く重なりかけていた所へ思いがけぬ来客があった。この宿に止宿している小学校の先生二人、いま書いて下げた宿帳で我らが事を知り、御高説拝聴と出て来られたのである。

漸くこの二人をも酒の仲間に入れは入れたが要するに座は白けた。先生たちもそれを感じてかほどほどで引上げて行った。が、我ら二人となっても初めの気持に返るにはちょっと間があった。

「あなたはさぼしというものを知ってますか」と、中村君。

「さア、聞いた事はあるようだが……」

「この地方の、まず名物ですかネ、他地方でいう達磨《だるま》の事です。」

「ほほウ。」

「行って見ましょうか、なかなか綺麗なのもいますよ。」

かくて二人は宿を出て、怪しき一軒の料理屋の二階に登って行った。そしてさぼしなるものを見た。が、不幸にして中村君の保証しただけの美しいのを拝む事は出来なかった。何かなしにただがぶがぶと酒をあおった。

二人相纏《もつ》れつつ宿に帰ったのはもう十二時の頃であったか。ぐっすりと眠っている所をわたしは起された。宿の息子と番頭と二人、物々しく手に手に提灯《ちょうちん》を持って其処《そこ》に突っ立っている。何事ぞと訊《き》けば、おつれ様が見えなくなったという。見れば傍の中村君の床は空《から》である。便所ではないかと訊けば、もう充分に探したという。サテは先生、先刻の席が諦めきれず、またひそかに出直して行ったと見える。わたしはそう思うたので笑いながらその旨を告げた。が、番頭たちは強硬であった。あなたたちの帰られた後、店の大戸には錠をおろした。その錠がそのままになっている所を見ればどうしてもこの家の中におらるるものとせねばならぬ……。

「実はいま井戸の中をも探したのですが……」

「どうしても解らないとしますと駐在所の方へ届けておかねばならぬのですが……」

吹き出したいながらにわたしも眼が覚めてしまった。

如何《いか》なる事を彼は試みつつあるか、一向見当がつきかねた。見廻せば手荷物も洋服もそのままである。

其処《そこ》へ階下からけたたましい女の叫び声が聞えた。

二人の若者はすわとばかりに飛んで行った。わたしも今は帯を締めねばならなかった。

そして急いで階下へおりて行った。

宿の内儀を初め四、五人の人が其処《そこ》の廊下に並んで突っ立っている。宵の口の小学教師のむつかしい顔も見えた。自《おのず》からときめく胸を抑えてわたしは其処へ行った。と、またこれはどうしたことぞ、其処は大きなランプ部屋であった。さまざまなランプの吊り下げられた下に、これはまたどうした事ぞ、わが親友は泰然として坐り込んでいたのである。

「どうもこのランプ部屋が先刻《さつき》からがたがたいうようだものですから、いま来て戸をあけてみましたらこれなんです、ほんとに妾《わたし》はもうびっくりして……」

内儀はただ息を切らしている。怒るにも笑うにもまだ距離があったのだ。

わたしとしても早速には笑えなかった。まず居並ぶ其処《そこ》の人たちに陳謝し、サテ徐《おもむ》ろにこの石油くさき男を引っ立てねばならなかった。

十月三十一日。

早々に小淵沢の宿を立つ。空は重い曇であった。

宿場を出外《ではず》れて路が広い野原にかかるとわたしの笑いは爆発した。腹の底から、しんからこみあげて来た。

「どうして彼処《あそこ》に這入《はい》る気になった?」

「解らぬ。」

「這入《はい》って、眠ったのか。」

「解らぬ。」

「何故《なぜ》戸を閉めていた。」

「解らぬ。」

「何故坐っててた。」

「解らぬ。」

「見附けられてどんな気がした。」

「解らぬ。」


一里行き、二里行き、わたしは始終腹を押えどおしであった。何事もなかったような、まだ身体の何処《どこ》やらに石油の余香を捧持していそうな、丈高《たけ》いこの友の前に立ってもおかしく、あとになってもおかしかった。が、笑ってばかりもいられなかった。二晩つづきの睡眠不足はわたしの足を大分鈍らしていた。それに空模様もいよいよ怪しくなって来た。三里も歩いた頃、長沢という古びはてた小さな宿場があった。其処《そこ》で昼をつかいながら、この宿場にあるという木賃宿《きちんやど》に泊る事をわたしは言い出した。が、今度は中村君の勢いが素晴しくよくなった。どうしても予定の通り国境を越え、信州野辺山《のべやま》が原《はら》の中にある板橋の宿《しゅく》まで行こうという。

我らのいま歩いている野原は念場《ねんば》が原《はら》というのであった。八ヶ嶽の南麓に当る広大な原である。所々に部落があり、開墾地《かいこんち》があり、雑草地があり林があった。大小の石ころの間断なく其処《そこ》らに散らばっている荒々しい野原であった。重い曇で、富士も見えず、一切の眺望が利かなかった。

止《や》むなく彼の言う所に従って、心残りの長沢の宿《しゅく》を見捨てた。また、先々の打ち合せもあるので予定を狂わす事は不都合ではあったのだ。路はこれからとろとろの登りとなった。この路は昔(今でもであろうが)北信州と甲州とを繋《つな》ぐ唯一の道路であったのだ。幅はやや広く、荒るるがままに荒れはてた悪路であった。

とうとう雨がやって来た。細かい、寒い時雨《しぐれ》である。二人とも無言、めいめいに洋傘《こうもり》をかついで、前こごみになって急いだ。この友だとて身体の労《つか》れていぬはずはない。大分怪しい足どりを強《し》いて動かしているげに見えた。よく休んだ。或る所では長沢から仕入れて来た四合壜《びん》を取り出し、路傍に洋傘をたてかけ、その蔭に坐って啜《すす》り合った。

恐れていた夕闇が野末《のずえ》に見え出した。雨はやんで、深い霧が同じく野末をこめて来た。地図と時計とを見較《みくら》べ見較べ急ぐのであったが、すべりやすい粘土質の坂路の雨あがりではなかなか思うように歩けなかった。そのうち、野末から動き出した濃霧はとうとう我らの前後を包んでしまった。

まだ二里近くも歩かねば板橋の宿には着かぬであろう、それまでには人家とてもないであろうと急いでいる鼻先へ、意外にも一点の灯影を見出した。怪しんで霧の中を近づいてみるとまさしく一軒の家であった。ほの赤く灯影に染め出された古障子には飲食店と書いてあった。何の猶予もなくそれを引きあけて中に入った。

入って一杯元気をつけてまた歩き出すつもりであったのだが、赤々と燃えている囲炉《いろ》裡《り》の火、竈《かまど》の火を見ていると、何ともう歩く元気はなかった。わたしは折入って一宿の許しを請《こ》うた。囲炉裡で何やらの汁を煮ていた亭主らしい四十男は、わけもなく我らの願いを容《い》れてくれた。

我らのほかにもう一人の先客があった。信州海《うみ》の口《くち》へ行くという荷馬車挽きであった。それに亭主を入れて我らと四人、囲炉裡の焚火を囲みながら飲み始めた酒がまた大変なこととなった。

折々誰かが小便に立つとて土間の障子を引きあけると、捩《ね》じ切るような霧がむくむくとこの一座の上を襲うて来た。

十一月一日。

酒を過した翌朝は必ず早く眼が覚めた。今朝もそれであった。正体なく寝込んでいる友人の顔を見ながら枕許の水を飲んでいると、早《は》や隣室の囲炉裡ではぱちぱちと焚火のはじける音がしている。早速にわたしは起き上った。

まだランプのともった炉端《ろばた》には亭主が一人、火を吹いていた。膝に四つか五つになる娘が抱かれていた。昨夜から眼についていた事であったが、この子の鼻汁は鼻から眼を越えて瞼《まぶた》にまで及んでいた。今朝もそれを見い見い、この子の名は何といいましたかね、と念のため訊《き》いてみた。マリヤといいますよとの答えである。そして、それはこの子の生れる時、何とかいう耶蘇《ヤソ》の学者がこの附近に耶蘇の学校を建てるとかいって来て泊っていて、名づけてくれたのだという。

「昨晩はどうも御馳走さまになりました。」

と、やがてそのマリヤの父親はにやにやしながら言った。

「イヤ、お騒がせしました。」

とわたしは頭を掻《か》いた。

其処《そこ》へ荷馬車挽きも起きて来た。

煙草《タバコ》を二、三本吸っているうちに土間の障子がうす蒼《あお》く明るんで来た。顔を洗いに戸外《おもて》に出ようとその障子を引きあけて、またわたしは驚いた。丁度《ちょうど》真正面に、広々しい野原の末の中空に、富士山が白麗朗と聳《そび》えていたのである。昨日はあれをその麓から仰いで来たに、とうろたえて中村君を呼び起したが、返事もなかった。

膳が出たが、わが相棒は起きて来ない。止《や》むなく三人だけで始める。今朝は炬燵《こたつ》を作りその上で一杯始めたのである。霧は既に晴れ、あけ放たれた戸口からは朝日がさし込んで炬燵にまで及んでいる。そしていつの間に出て来たものか、見渡す野原も、その向う下の甲州路も一面の雲の海となってしまった。富士だけがそれを抜いて独りうららかに晴れている。二、三日前にツイこの向うの原で鹿が鳴いたとか、三、四尺の雪に閉じこめられて五日も十日も他人《ひと》の顔を見ずに過す事が間々《まま》あるとか、丁度此処《ここ》は甲州と信州との境に当っているので、この家のことを国境というとかいうような話のうちに、おとなしく朝食は終った。

困ったのはランプ部屋居士《こじ》である。砂糖湯を持って行き、梅干茶を持って行き、お迎えに一杯冷たいのをぐっとやってみろとて持って行くが、持って行ったものを大抵飲み干すが、なかなか御神輿《おみこし》が上らない。「とても歩けそうにない、あのお荷物を頼みますよ」とわたしが言ったので荷馬車屋もよう立ちかねている。六時から十時まで、そうして過した。「いつまでもこれでは困るだろう、お前さん先に行ってくれ。」と荷馬車屋を立たせようとしている所へ、蹌踉《そうろう》として起きて来た。ランプ部屋ではまだ何処《どこ》やら勇ましかったが、今朝はあわれ見る影もない。

早速出立、実によく晴れて、霜柱を踏む草鞋《わらじ》の気持はまさしく脳にも響く快さである。昨日はその南麓を巡って来た八ヶ嶽の今日は北の裾野を横切っているわけである。からりと晴れたこの山のいただきにもうっすらと雪が来ていた。

「大丈夫か、腰の所を何かで結《ゆわ》えようか。」

「大、丈、夫、です。」

と、居士《こじ》は荷馬車の尻の米俵の上に鎮座ましまし、こくりこくりと揺られている。

野原といっても多くは落葉松《からまつ》の林である。見る限りうす黄に染ったこの若木のうち続いている様《さま》はすさまじくもあり、また美しくも見えた。方数里に亘《わた》ってこれであろう。

漸く歌を作る気にもなった。

日をひと日わが行く野辺のをちこちに冬枯れはてて森ぞ見えたる

落葉松は瘠《や》せてかぼそく白樺は冬枯れてただに真白かりけり

二里あまり歩いてこの野のはずれ、市場というへ来た。此処《ここ》にも一軒屋の茶店があった。綺麗な娘がいるというので昼食をする事にした。

其処《そこ》より逆落《さかおと》しのような急坂を降《くだ》れば海《うみ》の口《くち》村、路もよくなり、もう中村君も歩いていた。やや歩調も整うて存外に早く松原湖に着き、湖畔の日野屋旅館におちついた。まだ誰も来ていなかった。

ほどなく布施村より重田行歌、荻原太郎の両君、本牧村より大沢茂樹君、遠く松本市より高橋希人君がやって来た。これだけ揃うとわたしも気が大きくなった。昨日一昨日は全く心細かった。

夕方から凄《すさま》じい木枯が吹き出した。宿屋の新築の別館の二階に我らは陣取ったのであったが、たびたびその二階の揺れるのを感じた。

宵早く雨戸を締め切って、歌の話、友の噂、生活の事、語り終ればやがて枕を並べて寝た。

遠く来つ友もはるけく出でて来て此処《ここ》に相逢ひぬ笑《え》みて言《こと》なく
無事なりき我にも事の無かりきと相逢ひて言ふその喜びを
酒のみの我等がいのち露霜の消《け》やすきものを逢はでをられぬ
湖《うみ》べりの宿屋の二階寒けれや見るみづうみの寒きごとくに
隙間洩《も》る木枯の風寒くして酒の匂ひぞ部屋に揺れたつ

十一月二日。

夜っぴての木枯であった。たびたび眼が覚めて側を見ると、皆よく眠っていた。わたしは端で窓の下、それからずらりと五人の床が並んでいるのである。その木枯が今朝までも吹き通していたのである。そして木の葉ばかりを吹きつける雨戸の音でないと思うて聴いていたのであったが、果して細かな雨まで降っていた。

午前中をば膝せり合せて炬燵《こたつ》に噛《かじ》りついて過した。昼すぎ、風はいよいよひどいが、雨はあがった。他の四君は茸《きのこ》とりにとて出かけ、わたしは今日どうしても松本まで帰らねばならぬという高橋君を送って湖畔を歩いた。ひどい風であり、ひどい落葉である。別れてゆく友のうしろ姿など忽《たちま》ち落葉の渦に包まれてしまった。

茸は不漁であったらしいが、何処《どこ》からか彼らは青首の鴨を見附けて来た。山の芋をも提《さ》げて来た。善哉《ぜんざい》々々と今宵も早く戸をしめて円陣を作った。宵かけてまた時雨《しぐれ》、風もいよいよ烈《はげ》しい。が、室内には七輪にも火鉢にも火がかっかと熾《おこ》った。

どうした調子のはずみであったか、我も知らずひとにも解らぬが、ふとした事から我らは一斉に笑い出した。甲笑い乙応じ、丙丁戊みな一緒になって笑いくずれたのである。それが僅かの時間でなく、絶えつ続きつ一時間以上も笑い続けたであろう。あまり笑うので女中が見に来て笑いこけ、それを叱りに来た内儀までが廊下に突っ伏して笑いころがるという始末であった。たべた茸の中に笑い茸でも混っていたのかしれない。

十一月三日。

相も変らぬ凄《すさま》じい木枯である。宿の二階から見ていると湖の岸の森から吹きあげた落葉は凄じい渦を作って忽《たちま》ちにこの小さな湖を掩《おお》い、水面をかくしてしまうのである。それに混って折々樫鳥《かしどり》までが吹き飛ばされて来た。そしてたまたま風が止《や》んだと見ると湖水の面《おもて》にはいちめんに真新しい黄色の落葉が散らばり浮いているのであった。落葉は楢《なら》が多かった。

今日は歌を作ろうとて皆むつかしい顔をすることになった。

木枯の過ぎぬるあとの湖をまひ渡る鳥は樫鳥かあはれ
声ばかり鋭き鳥の樫鳥ののろのろまひて風に吹かるる
樫鳥の羽根の下羽の濃むらさき風に吹かれて見えたるあはれ
はるけくも昇りたるかな木枯にうづまきのぼる落葉の渦は
ひと言を誰かいふただち可笑《おか》しさのたねとなりゆく今宵のまどゐ
木枯の吹くぞと一人たまたまに耳をたつるも可笑しき今宵
笑ひこけて臍《へそ》の痛むと一人いふわれも痛むと泣きつつぞ言ふ
笑ひ泣く鼻のへこみのふくらみの可笑しいかなやとてみな笑ひ泣く

十一月四日。

今日はわたしは皆に別れて独り千曲川《ちくまがわ》の上流へと歩み入るべき日であったが、「わが若草の妻し愛《かな》しも」とばかり言い張っている重田君の宅を布施村に訪《と》うてそのわか草の新妻の君を見る事になった。

やれとろろ汁よ鯉《こい》こくよとわが若草の君をいたわり励まし作りあげられた御馳走に

面々悉《ことごと》く食傷して昨夜の勢いなくみなおとなしく寝てしもうた。

十一月五日。
総勢岩村田《いわむらだ》に出《い》で、其処《そこ》で別れる事になった。ただ大沢君は細君の里なる中込《なかごみ》駅まで
とてわたしと同車した。もうその時は夕暮近かった。
四、五日賑《にぎや》かに過したあとの淋しさが、五体から浸み上って来た。中込駅で降りよう
とする大沢君を口説《くど》き落して汽車の終点馬流《まながし》駅まで同行する事になった。
泊った宿屋が幸か不幸か料理屋兼業であった。すなわち内芸者の総上げをやり、相共
に繰返してうたえる伊那節の唄。
　逢うてうれしや別れのつらさ逢うて別れがなけりゃよい

十一月六日。
どうも先生一人をお立たせするのは気が揉《も》めていけない、もう一日お伴しましょう、
と大沢君が憐憫《れんびん》の情を起した。そして共に草鞋《わらじ》を履き、千曲川に沿うて鹿の湯温泉とい
うまで歩いた。

其処《そこ》で鯉の味噌焼などを作らせ一杯始めている所へ、裁判官警察官山林官聯合《れんごう》という一行が押し込んで来た。そして我ら二人は普通の部屋から追われて、台所の上に当る怪しき部屋へ押込まれた。下からは炊事の煙が濛々《もうもう》として襲うて来るのである。

「これァ耐《たま》らん、まったくの燻《いぶ》し出しだ。」

と言いながら我らは膳をつきやってまた草鞋を履いた。

夕闇寒きなかを一里ほど川上に急いで、湯沢の湯というへ着いた。


十一月七日。

朝、沸し湯のぬるいのに入っているとごうごうという木枯の音である。ガラス戸に吹きつけられ、その破れをくぐって落葉は湯槽《ゆぶね》の中まで飛んで来た。そしてとうとう雨まで降り出した。

終日、二人とも、炬燵《こたつ》に潜《もぐ》って動かず。


十一月八日。

誘いつ誘われつする心はとうとう二人を先日わたしと中村君と昼食した市場という原

中の一軒家まで連れて行った。其処《そこ》でいよいよお別れだと土間に切られた大きな炉に草鞋《わらじ》を踏み込んで盃を取ろうとするとふと其処の壁に見ごとな雉子《きじ》が一羽かけられてあるのを見出した。これを料理してもらえまいかと言えば承知したという。其処へ先日から評判の美しい娘が出て来て、それだったら二階へお上りなさいませという。両個相苦笑して草鞋をぬぐ。

いつの間にやら夜になっていた。初めちょいちょい顔を見せていた娘は来ずなり、代ってその親爺《おやじ》というのが徳利を持って来た。そして北海道の監獄部屋がどうの、ピストルや匕首《あいくち》がこうのという話を独りでして降りて行った。小半日、ぐずぐずして終《つい》に泊り込んだ我らをそれで天晴《あっぱ》れ威嚇《いかく》したつもりであったのかもしれない。

二階は十六畳位《くら》いも敷けるがらんどうな部屋であった。年々馬の市が此処《ここ》の原に立つので、そのためのこの一軒家であるらしい。

十一月九日。

早暁、手を握って別れる。彼は坂を降《くだ》って里の方へ、わたしは荒野の中を山の方へ、久しぶりに一人となって踏む草鞋《わらじ》の下には二寸三寸高さの霜柱が音を立てつつ崩れて行った。

また、久し振《ぶり》の快晴、僅か四、五日のことであったに八ヶ嶽には早《は》やとっぷりと雪が来ていた。野から仰ぐ遠くの空にはまだいくつかの山々が同じく白々と聳えていた。踏み辿《たど》る野辺山が原の冬ざれも今日のわたしには何となく親しかった。

野末なる山に雪見ゆ冬枯の荒野を越ゆと打ち出でて来れば
大空の深きもなかに聳えたる峰の高きに雪降りにけり
高山に白雪降れりいつかしき冬の姿を今日よりぞ見む
わが行くや見る限りなるすすき野の霜に枯れ伏し真白き野辺を
はりはりとわが踏み裂くやうちわたす枯野がなかの路の氷を
野のなかの路は氷りて行きがたし傍《かた》への芝の霜を踏みゆく
枯れて立つ野辺のすすきに結べるは氷にまがふあららけき霜
わが袖の触れつつ落つる路ばたの薄《すすき》の霜は音立てにけり
草は枯れ木に残る葉の影もなき冬野が原を行くは寂しも
八ヶ嶽峰のとがりの八つに裂けてあらはに立てる八ヶ嶽の山
昨日見つ今日もひねもす見つつ行かむ枯野がはての八ヶ嶽の山

冬空の澄みぬるもとに八つに裂けて峰低くならぶ八ヶ嶽の山
見よ下にはるかに見えて流れたる千曲《ちくま》の川ぞ音も聞えぬ
入り行かむ千曲の川のみなかみの峰仰ぎ見ればはるけかりけり

おもうて来た千曲川上流の渓谷はさほどでなかったが、それを中に置いて見る四方寒山の眺望は意外によかった。

大深山《おおみやま》村附近雑詠。

ゆきゆけどいまだ迫らぬこの谷の峡間《はざま》の紅葉時過ぎにけり
この谷の峡間を広み見えてをる四方《よも》の峰々冬寂《さ》びにけり
岩山のいただきかけてあらはなる冬のすがたぞ親しかりける
泥草鞋《どろわらじ》踏み入れて其処《そこ》に酒をわかすこの国の囲炉裡《いろり》なつかしきかな
とろとろと榾火《ほたび》燃えつつわが寒き草鞋の泥の乾き来るなり
居酒屋の榾火のけむり出でてゆく軒端《のきば》に冬の山晴れて見ゆ

とある居酒屋で梓山《あずさやま》村に帰りがけの爺《じい》さんと一緒になり、共にこの渓谷のつめの部落梓山村に入った。そして明日はこの爺さんに案内を頼んで十文字峠を越ゆることになった。

此処《ここ》の宿屋でまた例の役人連中と落合うことになった。ひとの食事をとっている炬燵《こたつ》にまで這入《はい》って来て足を投げ出す傍若無人の振舞に耐えかねて、膳の出たばかりであったが、わたしはその宿を出た。そして先刻知り合いになった爺さんのうちにでも泊めてもらおうとその家を訪ねた。爺さんはまだ夕闇の庭で働いていた。見るからに荒れすたれた家で、とても一泊を頼むわけに行きそうにもなかった。当惑しながら、ほかにもう宿屋はなかろうかと訊くと、木賃宿ならあるという。結構、何処《どこ》ですというと爺さんが案内してくれた。木賃宿とはいっても古びた堂々たる造りで、三部屋ばかり続いた一番奥の間に通された。

煤《すす》びた、広い部屋であった。まず炬燵が出来、ランプが点《とも》り、膳が出、徳利が出た。が、何かなしに寒さが背すじを伝うて離れなかった。二間ほど向うの台所の囲炉裡端《いろりばた》でもそろそろ夕飯が始まるらしく、家族が揃って、大賑《にぎや》かである。わたしはとうとう自分のお膳を持ってその焚火に明るい囲炉裡ばたまで出かけて仲間に入った。

最初来た時から気のついていた事であったが、此処《ここ》では普通の厩《うまや》でなく、馬を屋内の土間に飼っているのであった。津軽でもそうした事を見た、よほどこの村も寒さが強いのであろうと二疋《ひき》並んでこちらを向いている愛らしい馬の眼を眺めながら、案外に楽しい夕餉《ゆうげ》を終った。家の造り具合、馬の二疋いる所、村でも旧家で工面《くめん》のいい家らしく、家人たちも子供までみな卑しくなかった。

十一月十日。

満天の星である。切れるような水で顔を洗い、囲炉裡にどんどんと焚いて、お茶代りの般若湯《はんにゃとう》を嘗《な》めていると、やがて味噌汁が出来、飯が出来た。味噌汁には驚いた。内儀は初め馬の秣桶《まぐさおけ》で、大根の葉の切ったのか何かを搔《か》きまぜていたが、やがてその手を囲炉裡にかかった大鍋の漸くぬるみかけた水に突っ込んでばしゃばしゃと洗った。その鍋へ直ちに味噌を入れ、大根を入れ、かくて味噌汁が出来上ったのである。

馬たちはまだ寝ていた。大きい身体をやや円めに曲げて眠っている姿は、実に可愛いものであった。毛のつやもよかった。これならお前たちと一つ鍋のものをたべてもさほどきたなくはないぞよと心の中で言いかけつつ、味噌汁をおいしくいただいた。

寒しとて囲炉裡の前に厩作り馬と飲み食ひすこの里人は
まるまると馬が寝てをり朝立《あさだち》の酒わかし急ぐ囲炉裡の前に
まろく寝て眠れる馬を初めて見きかはゆきものよ眠れる馬は

のびのびと大き獣のいねたるは美しきかも人の寝しより

其処《そこ》へ提灯をつけて案内の爺さんが来た。相共に上天気を喜びながら宿を出た。十文字峠は信州・武州・上州に跨《また》がる山で、此処《ここ》より越えて武蔵《むさし》荒川の上流に出るまで上下七里の道のりだという。その間、村はもとより、一軒の人家すらないという。暫《しば》らく渓に沿うて歩いた。もう此処らになると千曲川も小さな渓となって流れているのである。やがて、渓ばたを離れて路はやや嶮《けわ》しく、前後左右の見通しのきかないような針葉樹林の中に入ってしまった。木は多く樅《もみ》と見た。今日はいちにちこうした森の中を歩くのだと爺さんは言った。

三国に跨《また》がるこの大きな森林は官有林であり、其処《そこ》にひそひそ盗伐が行われていた。中でもやや組織的に前後七年間にわたって行われていた盗伐事件が今度漸《ようや》く摘発せられたのだそうだ。何しろ関係する区割が広く、長野県・群馬県・東京府の役人たちがそのために今度出張《でば》って来たのだという。わたしは苦笑した、その役人共のためにわたしは二度宿屋から追放されたのだと。

いかにも深い森であった。そして曲《きょく》のない森でもあった。素人眼にはただ一、二種類と見ゆる樹木が限界もなく押し続いているのみであるのだ。不思議と、鳥も啼かなかった。一、二度、駒鳥《こまどり》らしいものを聞いたが、季節が違っていた。ただ、散り積っているこまかな落葉をさっくりさっくりと踏んでゆく気持は悪くはなかった。それが五、六里の間続くのである。

幸いに登りつくすと路は峰の尾根《おね》に出た。そして殆《ほと》んど全部尾根づたいにのみ歩くのであった。ために遠望が利いた。ことに峠を越え、武州路に入ってからの方がよかった。我らの歩いている尾根の右側の遠い麓には荒川が流れてい、同じく左側の峡間《はざま》の底には末は荒川に落つる中津川が流れていた。いや、いるはずであった。山々の勾配がすべて嶮《けわ》しく、かつ尾根と尾根との交わりが非常に複雑で、なかなか其処《そこ》の川の姿を見る事は出来なかった。

やがて夕日の頃となると次第にこの山上の眺めが生きて来た。尾根の左右にいくつともなく切れ落ちている山襞《やまひだ》、沢、渓間の間にほのかに靄《もや》が湧いて来た。何処《どこ》からとなく湧いて来たこの靄は不思議と四辺《あたり》の山々を、山々に立ちこんでいる老樹の森を生かした。また、夕日は遠望をも生かした。遠い山の峰から峰へ積っている雪を輝かした。浅間山の煙だろうとおもわるるものをもかすかに空に浮かし出した。その他、甲州路、秩父路、上州路、信州路は無論のこと、杳《はる》かに越後境だろうと眺めらるるもろもろの峰から峰へ、寒い、かすかな光を投げて、いうようなき荘厳味を醸《かも》し出してくれたのである。

「ホラ、彼処《あそこ》にちょっぴり青いものが見ゆるずら……」

老案内者は突然語り出した。指された遥かの渓間には、渓間だけに雑木もあると見え、色濃く紅葉していた。その紅葉の寒げに続いている渓間のひと所に、なるほど、ちょっぴり青いものが見えていた。

「あれは中津川村の大根畑だ。」

と老爺《ろうや》はうなずいて、其処《そこ》の伝説を語った。こうした深い渓間だけに、初め其処に人の住んでいる事を世間は知らなかった。ところが折々この渓奥から椀《わん》のかけらや、箭《や》の折れたのが流れ出して来る。サテは豊臣の残党でも隠れひそんでいるのであろうと、丁度《ちょうど》江戸幕府の初めの頃で、所の代官が討手《うつて》に向うた。そして其処の何十人かの男女を何とかいう蔓《かずら》で、何とかいう木にくくってしまった。そして段々検《しら》べてみると同じ残党でも鎌倉の落武者の後である事が解って、蔓を解いた。其処の土民はそれ以来その蔓とその木とを恨み、一切この渓間より根を断つべしと念じた。そして今では一本としてその木とその蔓とを其処に見出せないのだそうである。

日暮れて、ぞくぞくと寒さの募る夕闇に漸く峠の麓村栃本《とちもと》というへ降り着いた。此処《ここ》は秩父の谷の一番つめの部落であるそうだ。其処《そこ》では秩父四百竈の草分と呼ばれている旧家に頼んで一宿さしてもろうた。

栃本の真下をば荒川の上流が流れていた。殆んど直角に切れ落ちた断崖の下を流れているのである。向う岸もまた同じい断崖で聳えたった山となっている。その向う岸の山畑に大根が作られていた。栃本の者が断崖を降り、渓を越えまた向う地の断崖を這《は》い登ってその大根畑まで行きつくには半日かかるのだそうだ。帰りにもまた半日かかる。ためにに此処《ここ》の人たちは畑に小屋を作っておき、一晩泊って、漸く前後まる一日の為事《しごと》をして帰って来るのだという。栃本の何十軒かの家そのものすら既に断崖の中途に引っ懸っているような村であった。

十一月十一日。

爺さんはまた七里の森なかの峠を越えて梓山村へ帰ってゆくのである。わたしは一人、三峰山《みつみねさん》に登った。そして其処《そこ》を降《くだ》って、昨日尾根から見損《みそこな》った中津川が、荒川に落ち合う所を見たく、二里ばかり渓沿いに溯《さかのぼ》って、名も落合村というまで行って泊った。

翌日は東京に出、ルックサックや着茣蓙《きござ》を多くの友達に笑われながら一泊、十七日目だかに沼津の家に帰った。

熊野奈智山

眼の覚めたままぼんやりと船室の天井を眺めていると、船は大分揺れている。徐《おもむ》ろに傾いては、また徐ろに立ち直る。耳を澄ましても濤《なみ》も風も聞えない。すぐ隣に寝ている母子《おやこ》づれの女客が、疲れはてた声でまた折々吐いているだけだ。半身を起して見廻すと、室内の人は悉《ことごと》くひっそりと横になって誰一人煙草《タバコ》を吸ってる者もない。

船室を出て甲板に登ってみると、こまかい雨が降っていた。沖一帯はほの白い光を包んだ雲に閉《とざ》されて、左手にはツイ眼近に切りそいだような断崖が迫り、浪が白々と上っている。午前の八時か九時、しっとりとした大気のなかに身に浸むような鮮《あざやか》さが漂うて自《おの》ずから眼も心も冴えて来る。小雨に濡れて一層青やかになった断崖の上の木立の続きに眼をとめていると、そのはずれの岩の上に燈台らしい白塗の建物のあるのに気がついた。

「ハハア、此処《ここ》が潮岬《しおのみさき》だナ。」

と、先刻《さっき》から見ていた地図の面がはっきりと頭に浮んで来た。なお見ていると燈台の背後は青々した広い平原となって沢山の牛が遊んでいる。牧場らしい。

小雨に濡れながら欄干に捉《つかま》っていると、船は正《まさ》しくいまこの突き出た岬の端を廻っているのだ。舵機を動かすらしい鎖がツイ足の爪先を断えずギイギイ、ゴロゴロと動いて、眼前の断崖や岩の形が次第に変ってゆく。そしてほどなくまた地図で知っていた大島の端が右手に見えて来た。

「此処《ここ》が日本の南の端でナ。」

気がつかなかったが私の側に一人の老人が来て立っていた。そして不意にこう、誰にともなく(といって附近には私一人しかいなかった)言いかけた。

「そうなりますかネ、此処《ここ》が。」

「そうだネ、此処が名高い熊野の潮岬で、昔から聞えた難所だよ。」

日本の南の端、台湾や南洋などの事のなかった昔ならばなるほど此処《ここ》がそうであったかもしれぬと、そんな事を考えていると老人は更に種々《いろいろ》と話し出した。丁度《ちょうど》此処には沖の大潮(黒潮のことだと思った)の流《ながれ》がかかっているので、通りかかった他国者の鰹船《かつおぶね》などがよく押し流された話や、鰹の大漁の話、先年土耳古《トルコ》軍艦の沈んだのも此処だということなど。

かなりの時間をかけてこの大きな岬の端を通り過ぎると、汽船の揺《ゆれ》は次第に直って来た。そしてほどなく串本港に寄り、次いで古座《こざ》港に寄って勝浦に向った。

船にしていまは夜明けつ小雨降りけぶれる崎の御熊野《みくまの》の見ゆ

日の岬潮岬は過ぎぬれどなほはるけしや志摩の波切《なきり》は

雨雲の四方《よも》に垂りつつかき光りとろめる海にわが船は居る

勝浦の港に入る時は雨はなお降っていた。初め不思議に思った位《くら》い汽船は速力をゆるめて形の面白い無数の島、もしくは大小の岩の間をすれすれに縫いながら港へ入り込んで行った。その島や岩、またはその間に湛《たた》えた紺碧《こんぺき》の潮の深いのに見惚れながら、此処《ここ》で降りる用意をするのも忘れて甲板に突っ立っていると、ふと私はある事を思い出した。そして心あての方角を其処此処《そここここ》と見廻していると、果してそれらしいものが眼に入った。深く閉《とざ》した雲の下に山腹が点々と表れてその殆《ほと》んど真中あたりに、まことに白々として見えている。奈智の滝である。勝浦の港に入る時には気をつけよ、側で見るより寧《むし》ろいいかもしれぬからと、かつて他から注意せられて来たその奈智の大滝である。なるほどよく見える。そして思ったよりも山の低いところにその滝は懸っているが、何ということなくありがたいものを見るような気持で、私は雨に濡れながら久しくそれに見入っていた。

入ってみれば此処《ここ》の港は意外な広さを持っている。双方から蜒曲《えんきょく》して中の水を抱くように突き出た崎の先には、例の島や岩が樹木の茂りを見せながら次々と並んで、まるで山中の湖水のような形になっている。そして深さもまた深いらしく、次第に奥深く入り込んだ汽船はとうとう桟橋に横づけになってしまった。熊野一の港だと聞いたがなるほど道理《もっとも》だと思いながら、洋傘《こうもり》をさし、手提《てさげ》をさげてぼんやりと汽船から降りた。降りたには降りたが、それからさきの予定がまだ判然と頭のなかに出来ていなかった。そして子供らしい胸騒ぎを覚えながら、ともかくもぶらぶらと海岸沿いに歩き出した。雨は急に強く、洋傘がしきりに漏る。街はまた意外に大きくも賑《にぎや》かでもないらしく、少し歩いているうちに間もなく其処《そこ》ら中魚の臭《におい》のする漁師町に入り込んだ。鰹の大漁と見え、到るところ眼の活《い》きた青紫の鮮かなのが転がしてある。ある所ではせっせと車に積み、ある所では大きな釜に入れて煠《ゆ》でていた。

いくら歩いていても際《きり》がないので、幸い眼に入った海の上にかけ出しになっている茶店に寄って、そこにも店さきに投《ほう》ってある鰹を切ってもらい、一杯飲み始めた。濡れた手提から地図を引き出して茶店の主人を相手に奈智や新宮《しんぐう》への里程などを訊《き》いているうちに、私はふとこの勝浦の附近に温泉の記号のつけてあるのを見出した。主人に訊くと、彼は窓をあけてこの円い入江のあちこちを指さしながら、彼処《あそこ》に見えるのが何、こちらに見えるのが何、いま一つ向うの崎を越すと何というのがあるという。こう鼻のさきにいくつとなく温泉のあることを聞いて何という事なく私は嬉しくなった。そして立って窓際に主人と並びながら其処此処《そここここ》と眼を移して、丁度《ちょうど》そこから正面に見える彼処《あそこ》は何というのだと訊くと、赤島だという。ひたひたに海に沿うた木立の深げな中に静かに家が見えている。行くなら船で渡るのだが、呼んで来てやろうかというので早速頼んで其処に行くことにきめた。

小さな船で五、六分間も漕がれていると、直《す》ぐに着いた。森閑《しんかん》とした家の中から女中が出て来て荷物を受取る。何軒もあるのかと思っていたらこの家ただ一軒しかないのであった。海に面した二階の一室に通されて、やれやれと腰を下すと四辺《あたり》に客もないらしくまったく森《しん》としている。湯はぬるいがまた極めて静かで、湯槽《ゆぶね》の縁に頭を載せているると、かすかに浪の寄る音が聞えて来る。湯から出て庭さきの浪打際《なみうちぎわ》に立っていると、小さな魚が無数にそこらに泳いでいる。磯魚の常で何ともいえぬ鮮麗な色彩をしたのなども混っている。藻がかすかに揺れて、それと共にその魚の体も揺れているようだ。雨は先刻《さっき》から霽《あが》っていたが、対岸の山から山へかけて、白雲も次第に上に靡《なび》いて、此処《ここ》からもまた例の大きな滝が望まれた。

凪《な》ぎ果てた港には発動船の走る音が断間《たえま》なく起っている。みな鰹船で、この二、三日とりわけても出入が繁《しげ》いのだそうだ。夕方、特に注文して大ぎりにした鰹を沢山に取り寄せた。そして女中をも遠ざけてただ一人、いかにも遠くの旅さきの温泉場に来ている静かな心になって、夜遅くまでちびちびと盃を嘗《な》めていた。

　したたかにわれに喰《くわ》せよ名にし負ふ熊野が浦はいま鰹時
　熊野なる鰹の頃に行きあひしかたりぐさぞも然《し》かと喰《お》せこそ
　いまは早《は》やとぼしき銭のことも思はず一心に喰へこれの鰹を
　むさぼりて腹な破りそ大ぎりのこれの鰹をうましくと
　あなかしこ胡瓜《きゅうり》もみにも入れてあるこれの鰹を残さうべしや

六月三日、久しぶりにぐっすりと一夜を睡《ねむ》って眼を覚すとまた雨の音である。戸をあけてみると港内一帯しらじらと煙り合って、手近の山すら判然とは見わかない。ただ発動機の音のみ冴えている。

朝の膳にもまた酒を取り寄せて今日は一日この雨を聞きながらゆっくりと休むことにした。東京の宅を立ったのが先月の八日、二週間ほどの予定で出て来た旅がもうかれこれ一月《ひとつき》に及ぼうとしているのである。京都界隈《かいわい》から大阪・奈良・初瀬《はせ》と廻って紀州に入り込んだ時はかなり身心《しんじん》ともに疲れていた。それに今までは到る所昼となく夜となく、歌に関係した多勢の人、それも多くは初対面の人たちに会ってばかり歩いて来たので心の静まるひまとてはなかった。それが昨夜、和歌の浦からこの熊野廻りの汽船に乗り込んで漸《ようや》く初めて一人きりの旅の身になったような心安さを感じて、われ知らずほっかりとしていた所である。初めの予定では勝浦あたりに泊る心はなく、汽船から直ぐ奈智に登って、瀞八丁《どろはっちょう》に廻って新宮に出て、とのみ思うていた。が、こうして思いがけぬ静かな離れ島のような温泉などに来てみるとなかなか予定通りに身体を動かすのが大儀になっていた。それにこの雨ではあるし、寧《むし》ろ嬉しい気持で一日を遊んでしまうことに決心したのである。

午前も眠り、午後も眠り、葉書一本書くのが辛《つら》くているうちに夜となった。雨は終日降り続いて、夜は一層ひどくなった。客は他に三、四人あったらしいが、静けさに変りはない。

翌日も雨であった。また滞在ときめる。旅費の方がよほど怪しくなっているが、此処《ここ》に遊んだ代りに瀞八丁の方を止《よ》してしまうことにした。午後は晴れた。釣竿を借りて庭さきから釣る。一向に釣れないが、二時間ほども倦《あ》きなかった。澄んだ海の底を見詰めていると実に種々《いろいろ》な魚が動いているのだ。

六月五日、また降っていた。

でも、今日こそは立とうと思っていた。瀞八丁《どろはっちょう》を止《よ》すついでに奈智の滝も此処《ここ》から見るだけに留めておこうかとも思ったが、いくらか心残りがあるので思い切って出かける。船頭の爺《じい》さんに頼んで汽船から見て来た港口の島々の間の深く湛《たた》えたあたりを漕いで廻る。見れば見るほど、景色のすぐれた港だと思われた。そして対岸の港町に上って停車場へ行った。雨が烈《はげ》しいので、袴も羽織も手提も一切まとめて其処《そこ》に預けて、勝浦・新宮間に懸っている軽便鉄道に乗り込んだ。間もなく二つ目の駅、奈智口というので下車。

雨はまるで土砂降《どしゃぶり》に降っていた。いくら覚悟はしていてもこれでは余りにひどいので少し小降《こぶり》になるまで待ってから出かけようと停車場前の宿屋に入った。そして少し早いが昼食を註文していると、突然一人の男が奥から馳《か》け出して来て私の前に突っ立った。その眼は妙に輝いて、声まで逸《はず》んでいる。貴下《あなた》は東京の人だろう、と言いながら頭の頂上《てっぺん》から爪先まで見上げ見下している。何気なくそうだと答えると、何日にあちらを立ったと訊く。ありのままに答えると、いよいよ勢込《いきおいこ》んで来た。さもこそといわんばかりに独り合点して更に何処《どこ》から何処を廻っていたかといよいよ勢込んで来た。そのうちに奥からも勝手からもぞろぞろと家族らしいもの女中らしいものが出て来た。その上、先刻《さっき》から店さきに休んでいた同じく奈智行らしい一行の人たちも立ってこちらを覗《のぞ》き込んで来た。私は何とも知れぬ気味悪さを感じながら無作法に自分の前に突っ立ってまじまじと顔を覗き込んでいる痩せた、脊《せ》の高い、眼の険しい四十男を改めて見返さざるを得なかった。そして簡単に京都・大阪・奈良と答えていると、急に途中を遮《さえぎ》って、高野山《こうやさん》に登ったろうと言う。まことに息を逸《はず》ませている。私はもう素直に返事するのが不快になった。で、そうだ、と言った。実は其処《そこ》には登るはずではあったが登らずに来たのであった。それを聞くとその男はいよいよ安心したという風に、脊《せ》を延ばして初めて気味の悪い微笑を漏らしながら、そうでしょう、確かにそうだろうと思った、サ、何卒《どうぞ》お二階にお上り下さい、実は東京からあなたを探《たず》ねていらした方があるのです、と言う。今度は私の方で驚いた。そして思わず立ち上った。

「え、誰だ、何というんです、……僕は若山というのだが。」

「へへえ、誰方《どなた》ですか、もう直ぐこれへ帰っておいでになりますで、……実はあなたを探してひとまず滝の方へおいでになりましたので、もう直ぐこれへお帰りでございますから、まア、どうぞお二階へ。」

という。

この正月の事であった、私は伊豆の東海岸を旅行して二日の夜に或る温泉場へ泊った。すると、同じその夜、その土地の、同じ宿屋の、しかも私と襖《ふすま》一重距《へだ》てた室へ私の友人の一人が泊り合せて、そうして二人ともそれを知らずに、翌日それぞれ分れ去った事があったのだ。この番頭らしい怪しき男の今までの話を聞いていて、端《はし》なく思い出したのはその事である。そして私がこの頃この熊野を通って、奈智へ登るという事は東京あたりの親しい者の間には前から知れていた事実である。誰か気まぐれに後から追って来て、今日それが此処《ここ》を通ったかもしれぬという事は強《あなが》ちに否定すべき訳に行かなかった。まして この場の異常に緊張した光景は確かにそれを思わするに充分であった。

「え、誰です、何という男が来ました？」

あれかこれかと私は逸速《いちはや》くそうした事をしそうな友人を二、三心に浮べながら、もう眼の前にそれらの一人の笑い崩るる顔を見るような心躍りを感じて問い詰めた。

今度は相手の方がすっかり落ち着いてしまった。環《わ》を作って好奇の眼を輝かせている女中や家族や客人たちをさも得意げに見廻して、とにかく此処《ここ》では何だから二階にあがれ、と繰返しながら、一段声を落して、

「東京では皆さんがえらく御心配で、ことに御袋様などはたとえ何千円何万円かかってもあなたを探し出すようにというわけだそうで……」

と言い出した。

此処《ここ》まで聞いて私は再びまた呆気《あっけ》にとられた。何とも言えぬ苦笑を覚えながら、

「そうか、それでは違うよ、僕は東京者には東京者だが、そんな者じァない、人違いだ。」

と馬鹿馬鹿しいやら、また何かひどくがっかりしたような気持にもなって再び其処《そこ》へ腰掛けようとすると、なかなか承知しない。

「いえもうそれは種々《いろいろ》な御事情もおありでございましょうが、……実は高野山から

貴下《あなた》のお出しになった葉書で、てっきりこちらへおいでになる事も解っていましたので、ちゃんともうその人相書まで手前の方には解っていますので……」

「ナニ、人相書、それなら直ぐその男かどうかという事は解りそうなものじァないか。」

「それがそっくり貴下《あなた》と符合致しますので、もうお召物の柄まで同じなのですから、……とにかくお二階で暫《しばら》くお待ち下さいまし、滝の方へおいでになった方々にも固く御約束をしておいた事ですから此処《ここ》でお留め申さないと手前の手落《ておち》になりますようなわけで……」

私はもうその男に返事をするのを見合せた。そして其処《そこ》へ来て立っている女中らしいのに、

「オイ、如何《どう》した飯は、酒は？」

と言うと、彼らは惶《あわ》てて顔を見合せた。先刻《さっき》からの騒ぎでまだ何の用意にもかかっていないのだ。

「ええ、どうぞ御酒でもおあがりになりながら、ゆっくり二階でお待ち下さいますように……」

と、その男は終《つい》に私の手を取った。

先刻《さつき》からむずむずし切っていた私の肝癪玉《かんしやくだま》はとうとう破裂した。

「馬鹿するな、違う。」

と、言うなり私は洋傘《こうもり》を摑《つか》んで其処《そこ》を飛び出した。そしてじゃアじゃア降っている雨の中を大股に歩き始めた。軒下まで飛んでは出たがさすがにその男も其処から追って来る事はしなかった。

幸《さいわい》に私の歩き出した道は奈智行の道であった。何しろ恐しい雨である。熊野路一帯は海岸から急に聳《そび》え立った嶮山のために大洋の気を受けて常に雨が多いのだそうだが、今日の雨はまた別だ。いくらも歩かないうちに全身びしょびしょに濡れてしまった。先刻からの肝癪で夢中で急いではいるものの、ほどなく疲れた。そして今度は抑え難い馬鹿馬鹿しさ、心細さが身に浸み込んで来た。やはり来るのではなかった、赤島の温泉場から遠望しておくだけに留めておけばよかった、こんな状態で滝を見たからとて何になるものぞ、いっそ此処《ここ》からでも引返そうか、などとまで思われて来た。赤島で三晩ほど休んでいる間にいくらか身体の疲労も除《と》れて来た、この調子で奈智へ登って、其処《そこ》の山上にあるという宿屋に籠《こも》って青葉の中の滝を見ていたら、それこそどんなに静かな心地になれるだろう、それでこそ遥々《はるばる》出て来た今度の旅のありがたさも出るというものだ、と種々《いろいろ》なつかしい空想を抱いて雨の中を出かけて来たのだが、まだ山にかかりもせぬ前から先刻のような騒ぎに出会って、静かな心も落ちついた気分もあったものではなかったのである。半分は泣くような気持でわけもなく歩いていると、後から馬車が来た。そして馬車屋が身近くやって来て乗れと勧める。何処《どこ》行きだと訊くと奈智の滝のツイ下まで行くという。直ぐ幌《ほろ》を上げて乗り込むと驚いた。先刻の宿屋に休んでいた三人連《づれ》の一行が其処に乗り込んでいたのだ。

向うでは前から私だと知っていたらしく、お互いにそれらしい顔を見合せて黙り込んだ。平常《いつも》ならば私も挨拶の一つ位《くら》いはする所であるが、彼らの好奇に動く顔を見るとまた不愉快がこみ上げて来て目礼《もくれい》一つせず、黙ったまま、隅の方に腰を下した。四方とも黒い油紙で包み上げた馬車の中は不気味な位い暗かった。そして泥田のような道を辿《たど》っているので、その動揺は想像のほかであった。四、五丁も行ったと思うころ、馬車屋が前面の御者台の小さなガラス窓から振返って私あてに声をかけた。この降るなかをお詣りかと訊くのだ。奈智といえば私はただ滝としか聯想《れんそう》しなかったが、其処《そこ》には熊野夫須《ふす》美《み》神社という官幣か国幣の大きな神社があり、西国三十三ヶ所第一の札所である青岸渡《せいがんと》寺《じ》という古刹《こさつ》もあるのである。しかし、御者のわざわざこう訊いたのは決して言葉通り

の意味でないことを私は直ぐ感じた。此奴《こいつ》、駅前の宿屋で聞いて来たナ、と思いながら慳貪《けんどん》に、

「イヤ、滝だ。」

と答えた。

「滝ですか、滝はこんな日は危《あぶの》うござんすよ。」

と言う。にやにやしている顔がその背後《うしろ》から見えるようだ。

暫く沈黙が続くと、今度は私と向い合いに乗っている福々しい老人が話しかけた。このお山は初めてか、というようなことから、今日は何処《どこ》から来たか、お山から何処へ行くかというような事だ。言葉短かにそれに返事をしていると、他の二人も談話の中に加わって来た。これは老人とは違った、見るからに下卑《げび》た中年の夫婦者である。私はよくよくの事でなければ返事をせず、一切黙り込むことにしていた。すると次第に彼ら同志だけで話が逸《はず》んで来て、後には御者もその仲間に入った。多くは滝が主題で、この近来どうも滝に飛ぶ者が多くて、そのため村では大迷惑をしている、滝壺の深さが十三尋《ひろ》もあって、しかもその中は洞《ほら》になっていると見え、一度飛んだ者は決して死骸が浮んで来ない、所詮《しょせん》駄目だと解ってはいるものの村ではどうしてもそのまま捨てておくわけにゆ

かぬ、村の青年会はこの頃殆《ほと》んどその用事のみに働いている位いだ、ましてこういう田植時にでも飛び込まれようものならそれこそ泣顔《なきづら》に蜂だ、という風のことをわざとらしい高声で話しているのだ。続いて近頃飛んだそれぞれの人の話が出た。大阪の芸者とその情夫、和歌山の呉服屋、これはまた何のつもりで飛んだか、附近の某村の漁師、とそれぞれ自殺の理由などまで語り出される頃は馬車の内外とも少からぬ緊張を帯びて来た。今まで私と同じくただ黙って聞いていた老人まで極めて真面目な顔をしてこういう事を言い出した、人が自分から死ぬというのは多くは魔に憑《つ》かれてやる事だ、だから見る人の眼で見るとそうした人の背後に随《つ》いている死霊の影がありありと解るものだ、と。

私は次第に苦笑の心持から離れて気味が悪くなって来た。何だか私自身の側にその死神でも密著《くっつ》いているようで、雨に濡れた五体が今更にうす寒くなって来た。おりおり私の顔を窃《ぬす》み見《み》する人たちの眼にも今までと違った真剣さが見えて来たようだ。濡れそぼたれてこうして坐っている男の影が彼らの眼にほんとにどう映っているであろうと思うと、私自身笑うにも笑われぬ気がして来たのである。

気がつけば道は次第に登り坂になっていた。雨はいくらか小降りになったが、心あての方角を望んでもただ真白な雲が閉《とざ》しているのみで、山の影すら仰がれない。小降りになったを幸いに出て来たのだろう、今まで気のつかなかった田植の人たちが其処《そこ》らの段々田に沢山見えて来た。所によっては夏蜜柑《なつみかん》の畑が見えて、黄色に染った大きな果実が枝のさきに重そうに垂れている。

ほどなく馬車は停った。やれやれと思いながら真先きに飛び降りると、なるほどいかにも木深《こぶか》い山がツイ眼の前に聳《そび》えている。滝の姿は見えないが、そのまま山に入り込んでいる大きな道が正しくその方角についているものと思われたので、私は賃金を渡すと直ぐ大股に歩き始めた。すると、他の客の賃金を受取るのもそこそこにして馬車屋が直ぐ私のあとに随《つ》いて来た。

「何処《どこ》へ行くんだ?」

私は訊いた。

「へへえ、滝まで御案内致します。」

「いいよ、僕は一人で行ける。」

「へへえ、でもこの雨で道がお危《あぶの》うございますから……」

「大丈夫だ、山道には馴《な》れてる。」

「それでも……」

「オイ、随《つ》いて来ても案内料は出さないよ。」

「いいえ、滅相《めっそう》な、案内料などは……」

勝手にしろ、と私も諦めてそのまま急いだ。が、とうとう埒《らち》もない事になったと思うと、もう山の姿も雲のたたずまいも眼には入らず、折角《せっかく》永年あこがれていたその山に来ても、半ば無意識にただ脚を急がせるのみであった。

「見えます、彼処《あそこ》に。」

馬車屋の声に思わず首を上げてみると、いかにも真黒に繋った山の間にその滝が見えて来た。さすがに大きい。落口はただ氷ったように真白で、ややに水の動く様《さま》が見え、下の方に行けば次第に広くなって霧のように煙っている。われともなく私は感嘆の声をあげた。そして側の馬車屋に初めて普通の、人間らしい声をかけた。

「何丈あるとかいったネ、あの高さは?」

「八十丈といっていますが、実際は四十八丈だとかいいます。」

「なァるほど、あいつに飛んだのでは骨も粉もなくなるわけだ。」

言いながら、私は大きな声を出して笑った、胸の透くような、真実に何年ぶりかに笑うような気持をしながら。

その滝の下に出るにはそれから十分とはかからなかった。凄く轟《とどろ》く水の音をツイ頭の上に聞きながら深い暗い杉の木立の下を通ると、両側に沢山大小の石が積み重ねてある。馬車屋はそれを指して、みな滝に飛んだ人の供養のためだという。

「では一つ僕も積んでおくかナ。」

また大きな声で笑ったが、その声はもう殆んど滝のために奪われていた。

滝を真下から正面に見るような処に小屋がけがしてあって、其処《そこ》から仰ぐようになっている。平常《いつも》は茶店なども出ているらしいが、今日は雨で誰も出ていない。二、三日来の雨で、滝は夥《おびただ》しく増水しているのだそうだ。大粒の飛沫が冷《ひや》やかに颯《さっ》々《さつ》と面を撲《う》つ。じいっと佇《たたず》んで見上げていると、ただ一面に白々と落ち下っているようで、実は団々になった大きな水の塊が後から後からと重《かさな》り合って落ちて来ているのである。時には岩を裂くように鋭く近く、時には遠く渡ってゆく風のようなその響に包まれながら、茫然見ていれば次第に山全体が動き出しても来るようで、言い難い冷気が身に伝わって来る。

「これで、滝壺まではまだ二丁からあります。」

同じくぼんやりと側に添うて立っていた馬車屋はいう。それを聞くと私の心には一つの悪戯気《いたずらぎ》が浮いて来た、私が其処《そこ》まで行くとするとこの馬車屋奴《やっこ》はどうするであろうと。

私は裾を高々と端折《はしょ》って下駄を脱ぎ洋傘《こうもり》をも其処《そこ》に置いて滝壺の方へ岩道を攀《よ》じ始めた。案の如く彼はちょっとでも私の側から離れまいとして惶《あわ》てて一緒にくっ着いて来た。苦笑しながら這《は》うようにして岩から岩を伝わろうとしたが、到底それは駄目であった。殆んど其処ら一帯が滝の一部分を成しているかの如く烈しい飛沫が飛び散って、それと共にともすれば岩から吹き落しそうにして風が渦巻いているのである。それでも半分ほどは進んだが、とうとう諦めてまた引き返した。安心したような、当《あて》の外れたような顔をして馬車屋もまた随《つ》いて来た。私はこの男がかわいそうになった。はっきり人違いの事を知らせて、酒の一杯も飲ませてやろうなどと思いながら、もとの所に戻って来ると、先刻《さっき》の馬車の連中が丁度《ちょうど》其処へやって来た。お寺の方へ先に行くはずであったが、私たちが如何《どう》しているかを見るためにこちらを先にしたものかもしれぬ。驚いたように私たちを見て笑っている。私は再び彼らと一緒になる事を好まなかったので、直ぐ其処を立ち去ろうとした。そして馬車屋を呼んだが、彼は何か笑いながら向うの連中と一緒になっていてちょっと返事をしただけであった。

少し道に迷ったりして、やがてお寺のある方へ登って行った。何しろ腹は空《す》いて五体は冷えているので、お寺よりも宿屋の方が先であった。その門口に立ちながら、一泊させてくれと頼むと、其処《そこ》の老婆は気の毒そうな顔をして、この節はお客が少いのでお泊りの方は断っている、まだ日も高いしするからこれからまだ何処《どこ》へでも行けましょう、という。実は私自身強《し》いて泊る気も失《な》くなっていた時なので、それもよかろうと直ぐ思い直した。そして、それでは酒を一杯飲ませてくれぬかというと、お肴《さかな》は何もないが酒ならば沢山あります、といいながらその仕度に立とうとして彼女は急に眼を輝かせた。

「旦那は東京の方ではありませんか?」

オヤオヤと私は思った。それでももう諦めているので従順にそうだよと答えて店先へ腰を下した。

「それなら何卒《どうぞ》お上り下さい、お二階が空いております、滝がよく見えます。」

という。

それもよかろうと私は素直に濡れ汚れた足袋《たび》を脱いだ。その間にまた奥からも勝手からも二、三の人が飛んで来た。

二階に上ると、なるほど滝は正面に眺められた。坂の中腹に建てられたその宿屋の下は小さい竹藪《たけやぶ》となっていて、藪からは深い杉の林が続き、それらの上に真正面に眺められるのである。遠くなり近くなりするその響がいかにも親しく響いて、真下で仰いだ姿よりもこの位い離れて見る方がかえって美しく眺められた。切りそいだような広い岩層の断崖に懸っているので、その左右は深い森林となっている。いつの間に湧いたのか、その森には細い雲が流れていた。

がっかりしたような気持で座敷に身体を投げ出したが、寝ていても滝は見える。雲は見る見るうちに広がって、間もなく滝をも断崖をも宿の下の杉木立をも深々と包んでしまった。滝の響はそれと共に一層鮮かに聞えて来た。

やがて酒が来た。襖《ふすま》の蔭から覗《のぞ》き見《み》をする人の気勢《けはい》など、明らかに解っていたが、もうそんな事など気にならぬほど、次第に私は心の落ち着くのを感じた。とにかくこの宿屋だけはかねてから空想していた通りの位置にあった。これで、今朝の事件さえなかったならば、どんなに満足した一日が此処《ここ》で送られる事だったろうと、そぞろに愚痴まで出て来るのであった。

一杯一杯と重ねている間に、雲は断えず眼前に動いて、滝は見えては隠れ、消えては露《あらわ》れている。うっとりして窓にかけた肱《ひじ》のさきには雨だか霧だか、細々と来て濡れているのである。心の静かになって来ると共に、私はどうもこのままこの宿を去るのが惜しくなった。このまま此処《ここ》に一夜でも過して行ったら初めて予《かね》てからの奈智山らしい記憶を胸に残して行くことが出来るであろう、今朝からのままでは余りに悲惨である、などと思われて来た。折から竹の葉に音を立てて降って来た雨を口実に、宿の嫁らしい若い人に頼んでみた、特に今夜だけ泊りを許してもらえまいかと。案外に容易《たやす》くその願いは聞届《ききとど》けられた。そして夕飯の時である、その嫁さんは私の給仕をしながらさもさもおかしそうに笑い出して、今日は旦那様は大変な人違いをせられておいでになりました、御存じですか、と言い出した。

「ホ、人違いという事がいよいよ解ったかネ、実はこれこれだったたよ。」

と朝からの事を話して笑いながら、

「一体その人相書というのはどんなのだね?」

と訊くと、齢《とし》は二十八歳で、老《ふ》けて見える方(私は三十四歳だが、いつも三つ四つ若く見られる)、身長五尺二寸(私は一寸二、三分)、着物はセルのたて縞(丁度《ちょうど》私もセルのたて縞を着ていた)、五月六日に東京を(私は五月八日)出て暫く音信も断え、行先も不明であったが、先日高野山から手紙をよこし、これから紀州の方へ行ってみるつもりだという事と二度とはお目にかかれぬだろうという事とが認《したた》めてあったのだそうだ。洋酒屋の息子とかで、家はかなり大きな店らしく、その手紙と共に大勢の追手が出て、その一隊が高野からあとあとと辿《たど》って今日一度この山へ登って来、諸所を調べた末一度下りて行ったが、駅前の宿屋で今朝の話を聞いて夕方また登って来たのだそうである。

「旦那様が御酒をお上りになってる時、其処《そこ》の襖《ふすま》の間から覗いて行ったのですよ。」

という。

「とにかくひどい目に会ったものだ。」

と笑えば、

「何も慾《よく》と道づれですからネ。」

という。

「え、……？」

私がその言葉を不審がると、

「アラ、御存じないのですか、その人には五十円の懸賞がついているのですよ。」

末ちさく落ちゆく奈智の大滝のそのすゑつかたに湧ける霧雲

白雲のかかればひびきうちそひて滝ぞとどろくその雲がくり

とどろ〳〵落ち来る滝をあふぎつつこころ寒けくなりにけるかも

まなかひに奈智の大滝かかれどもこころうつけてよそごとを思ふ

暮れゆけば墨のいろなす群山の折り合へる奥にその滝かかる
夕闇の宿屋の欄干《てすり》いつしかに雨に濡れをり滝見むと凭《よ》れば
起き出でて見る朝山にしめやかに小雨降りゐて滝の真白さ
朝凪《あさなぎ》の五百重《いおえ》の山の静けきにかかりて響く奈智の大滝
雲のゆき速《すみや》かなればおどろきて雲を見てゐき滝のうへの雲を

その翌日、山を降りて再び勝浦に出た。そしてその夜志摩の鳥羽《とば》に渡るべく汽船の待合所に行っていると、同じく汽船を待つらしい人で眼の合うごとにお辞儀をする一人の男がいる。見知らぬ人なので、此処《ここ》でもまた誰かと間違えていると思いながら、やがて汽船に乗り込むとその人と同室になった。船が港を出離れた頃、その人は酒の壜を提げていかにもきまりの悪そうなお辞儀をしいしい私の許へやって来た。

その人が、昨日の夕方、奈智の宿屋で襖の間から私を覗いて行った人であった。

晩年の旅姿

沼津千本松原

私が沼津に越して来ていつか七年経《た》った。あるいはこのまま此処《ここ》に居据《いす》わることになるかもしれない。沼津に何の取柄があるではないが、ただ一つ私の自慢するものがある。千本松原である。

千本松原位《くら》い見事な松が揃ってまたこの位いの大きさ豊さを持った松原は恐らく他にないと思う。狩野川《かののがわ》の川口に起って、千本浜、片浜、原、田子の浦の海岸に沿い徐《おもむろ》に彎曲《わんきょく》しながら遠く西、富士川の川口に及んでいる。長さにして四里に近く、幅は百間以上の広さを保って続いておる。この全体を千本松原というはあるいは当らないかもしれないが、しかも寸分の断え間なく茂り合って続き渡っているのである。而《そ》して普通いう千本松原、即ち沼津千本浜を中心とした辺が最もよく茂っている。松は多く古松、二抱え三抱えのものが眼の及ぶ限りみっちりと相並んで聳《そび》え立っているのである。ことに珍しいのはすべて此処《ここ》の松にはいわゆる磯馴松《そなれまつ》の曲りくねった姿態がなく、杉や欅《けやき》に見る真直な幹を伸ばして矗々《ちくちく》と聳えていることである。

今一つ二つ松原の特色として挙げたいのは、単に松ばかりが砂の上に並んでいるいわゆる白砂青松式でないことである。白砂青松は明るくて綺麗ではあるが、見た感じが浅い、飽き易い。此処《ここ》には聳え立った松の下草に見ごとな雑木林が繁茂しているのである。下草だの雑木だのといっても一握りの小さな枝幹を想像してはいけない。いずれも一抱え前後、あるいはそれを越えているものがある。

その種類がまたいろいろである。最も多いのはたぶ、犬ゆずり葉の二種類で、一は犬《いぬ》樟《ぐす》とも玉樟《たまぐす》ともいう樟科《くすのきか》の木であり、一は本当のゆずり葉の木のやや葉の小さいものである。そして共にかがやかしい葉を持った常緑樹である。その他冬青木《もち》、椿、楢《なら》、櫨《はぜ》、楝《おうち》、椋《むく》、とべら、胡頽子《ぐみ》、臭木《くさぎ》など多く、楤《たら》などの思いがけないものも立ち混っている。而《そ》してこれらの木々の根がたには篠や虎杖《いたどり》が生え、まんりょう藪柑子《やぶこうじ》が群がり、所によっては羊歯《しだ》が密生しておる。そういう所に入ってゆくと、もう浜の松原の感じではない。森林の中を歩く気持である。

順序としてこれらの木の茂み、またはその木の実に集まって来るいろいろの鳥の事を語らねばならぬ。が、不幸にして私はただ徒《いたずら》にその微妙な啼き声を聴き、愛らしい姿を見るだけで、その名を知らぬ。僅《わずか》に其処《そこ》に常住する鴉《からす》——これもこの大きな松の梢の茂みの中に見る時おもいの外の美しい姿となるものである、ことに雨にいい——季節によって往来する山雀《やまがら》、四十雀《しじゅうから》、松雀《まつめ》、鵯《ひよどり》、椋鳥《むくどり》、鶫《つぐみ》、百舌鳥《もず》、鶯《うぐいす》、眼白《めじろ》、頬白《ほおじろ》などを数うるに過ぎぬ。有明月の影もまだ明らかな暁に其処に入ってゆけば折々啄木鳥《きつつき》の鋭い姿と声とに出会う。

夜はまた遠く近く梟《ふくろう》の声が起る。見ごとなのは椋鳥の群《む》るる時で数百羽のこの鳥が中空に聳えた老松《おいまつ》の梢から梢を群れながら渡ってゆくのは壮観である。

秋の紅葉は寒国のもので、暖かい国だとよく紅葉しない。楓《かえで》など寧《むし》ろきたない黄褐色に染って永い間枝頭にくっ着いている。僅《わずか》に櫨《はぜ》のみ暖国でもよく紅葉する。どうしたものかその櫨がこの松原の中に多い。なかなか大きいものもある。老松の間にあってこの木の漸《ようや》く染まる頃からこの松原はよくなって来る。茅萱《ちがや》が美しい色に枯れ、万両《まんりよう》や藪柑《やぶこう》子《じ》の実の熟れて来る冬もいい。冬は朝にゆうべに、淡い靄《もや》が必ずこの松原の松の根がたに漂うている。十二月には椿が咲いて——その頃まで撫子《なでしこ》も咲いているが——やがて春になる。春もいい。小鳥の声の次第に多くなる初夏、この時もいい。ただ真夏だけは感心しない。

この広くかつ長い松原の中央に縦に一筋の小径が通じている。狩野川の川口から原町の停車場に到る間二里あまりは紛れなく通じているが、それから西は判然していない。この小径はもと甲州街道とも甲駿街道とも呼ばれたもので、その出来た初めは現在の東海道よりずっと旧《ふる》いものだそうだ。想うに今の東海道の通じている辺は昔は現在の浮島村附近の如く一帯に深い沼沢地であって道路など造れなかったものであろう。而《そ》してこの海岸沿いの砂丘の上に一筋の道をつけて通行していたであろう。それはとまれ、私はこの松原の中の甲州街道を歩くことを非常に好む。何ともいえぬ静けさ、何ともいえぬ明るさ、何ともいえぬうるおいがこの松原の、というより長い長い森の中の小径に漂うているのである。たまたま出会うのは漁師たちで、ただ松風とやや遠い浪の音と小鳥の声とがあるのみである。芝居でやる伊賀越の沼津の平作が腹を切ったは東海道でなく、この甲州街道を使ってあるそうだ。

沼津から千本浜へ出ようとする浜道の右手に千本山乗運寺《じょううんじ》という寺がある。当代よりは廿六世以前、山城《やましろ》国延暦寺《えんりゃくじ》乗運公の実弟、増誉《ぞうよ》上人という人がこの沼津の地に来り、以前鬱蒼《うっそう》として茂っていたと伝えらるる松原が相模の北条と甲斐の武田との戦いの戦略から一本残らず伐《き》り払われ、見る影もない荆棘《けいきょく》の曠原《こうげん》となっていたのを嘆き自ら植樹に着手した。しかし、今もそうだが此処《ここ》の浜は砂地でなく荒い石の原である。植えてもなかなか根づかない。ために上人は一本植うるごとに阿弥陀経《あみだきよう》を誦《じゆ》し、植えかつ読経しながら辛うじてまず一千本を植えつけた。而《そ》して時の政府に建言し、枝一本腕一本というきびしい法度《はつと》を設けて苗木を愛護し、数代の苦心によって現在の壮大な松原が出来上ったものだそうだ。元来この東駿河《するが》地方は秋口から春にかけて吹きつくる沖の西風の極めて烈《はげ》しい所で今でも大の男がまともに歩きかぬる風に出会うことがしばしばある。松原の絶えていた時代、その西風が海から汐煙《しおけむり》を吹きあげて遠く四周に撒き散らし、農作物は出来なくなってしまった。増誉上人は単に松の眺めの絶えたを惜しんだばかりでなく、こうした済世救民の志もあったのである。この大きな松原に遮《さえぎ》られて汐煙はおろか、風そのものすらも遠く数町の間には落ちて来ぬのである。

初め私がほんの一、二年間休養するつもりでの転地先をこの沼津に選んだのは、その前年伊豆の土肥《とい》温泉に渡ろうとして沼津に一泊し端《はし》なくこの松原の一端を見出し、それに心を惹《ひ》かれてのことであった。で、沼津に移って来てからは折あればこの松原にわけ入って逍遥した。そして終《つい》に昨年、その松原の松の蔭の土地を選み、自分の住家を建てた。それこそ松原の直《すぐ》の蔭で、隣接する家とてもなく、いまだに門に人力車を乗りつくる事も出来ぬという不便の地点の一軒家である。無論松に親しむ心が先立ったのであったが、一つはこの冬の西風を避けたいためでもあった。そしてこの二つの願いは願いどおりに叶《かの》うたのである。此処《ここ》で私は今まで何ということなしに始終追われ通しに追われて来たような慌《あわただ》しい生活を棄《す》て、心静かに自分の思うままの歩みを歩むというような朝夕に入ろうとしたのであった。

ところが、昨今、聞くに耐えぬ忌まわしい風説を聞くことになった。曰《いわ》く静岡県は何とかの財源を獲《え》んがために沼津千本松原の一部を伐採すべしというのである。

元来この千本松原は帝室御料林に属していた。それを永年運動の効があって静岡県は今年これを自分の手に納めた。納むるや否や、百年の風雨に耐えて来たこの老樹の幹の皮を剝《は》いで黒々と番号を書き込んだのである。松ばかりか、茂り合《お》うて枝葉を輝かしているたぶの木にも犬ゆずり葉の木にもみなそれが記された。薪に売らんがためである。

無論、松原全体を伐ろうというのではない。右いうた甲州街道から北寄りの沼津市内に属する部分を伐ろうというのである。然《しか》り而《しこ》うして其処《そこ》は実に東西四里にわたる松原のうち最も老松に富み、最も雑木が茂り、最も幅広く、千本松原の眼目ともいうべき位置に当るのである。此処《ここ》を伐られてはもう千本松原は日本一の松原ではなくなる、普通の平凡な一松原となり終るのである。

さすがに沼津も騒ぎ始めた。沼津として此処《ここ》を伐り払わるる事は全く眉を落し頭を剃りこぼたるるに等しい形になるのである。また、静岡県としても此処を伐っていくらの銭を獲《え》んとしているのであろうか。いくらの銭のために増誉上人以来幾百歳の歳月の結晶ともいうべきこの老樹たちを犠牲にしようというのであろうか。

私は無論その松原の蔭に住む一私人としてこの事を嘆き悲しむ。が、それぱかりではない。比類なき自然のこの一つの美しさを眺め楽しむ一公人として、またその美しさを歌い讃えて世人と共に楽しもうとする一詩人として、限りなく嘆き悲しむのである。まったく此処《ここ》が伐られたらば日本にはもうこの松原は見られないのである。あに其処《そこ》の蔭に住む一私人の嘆きのみならんやである。

静岡県にも、県庁にも、また沼津市にも、具眼の士のある事を信ずる。而《そ》して眼前の些事に囚《とら》われず徐《おもむろ》に百年の計を建てて欲しいことを請い祈《こ》るものである。（九月六日、徐ろに揺るる老松の梢を仰ぎつつ）

千本松原越しの富士山
（沼津市若山牧水記念館絵葉書）

〔解説〕
牧水の旅

池内　紀

写真が旅姿をつたえている。着物を尻っぱしょりして股引《ももひき》、脚絆《きゃはん》、足には草鞋《わらじ》。鳥打《とりうち》帽《ぼう》をかぶり、洋傘《こうもり》をせおい、腰に黒い袋、ふところにメモをとるための手帳を入れていた。晩年の写真では、上からすっぽりとマントを着ている。わざわざつくらせたマントで、大いに気に入っていたらしい。

ほぼいつも、こんな格好だった。旅をかさねるなかで工夫し、みずから生み出したスタイルだろう。

鳥打帽は防寒用を兼ねていたし、ひと休みするとき、お尻にあてる敷き物に転用できる。洋傘は杖にもステッキにもなり、ときには防御の武器としての役目もはたした。深い森には悪さをしかけてくる獣がいる。見知らぬ村に入っていくと、犬が吠えながら追いかけてくる。そして股引に脚絆は、古来、わが国の旅人が愛用してきたいで立ちだった。伝統のよさをそっくりいただいた。

牧水の旅はおおかたが歩く旅であって、履《は》き物《もの》が重要だった。旅にあっての無二の友というものだ。牧水はこれまた昔ながらの草鞋を用いた。藁《わら》で編んであって紐がついており、足袋《たび》の上から結びつける。足の甲をしめつけ加減にするのがコツであって、ゆるいとすぐにグズグズになる。はじめは足になじんでいなくて草鞋を意識するが、なれてくると、履いているのかいないのかわからなくなる。きっとそんな一体感が牧水にはうれしかったのだ。

草鞋よ
お前もいよいよ切れるか

詩のなかで、この「無二の友」によびかけている。今日、昨日、一昨日《おとつい》と三日も履いてきたが、自分が「履上手《はきじょうず》」といわれるタイプであり、また草鞋の出来がいいので三日ももったとあるから、草鞋はふつう、一日に一足を履きつぶしたのだろう。

牧水の足袋は昔の単位でいう九文半で、足としては小さい方に入る。町ではもう草鞋そのものを売っていないし、田舎でも小さな草鞋はめったにないとこぼしている。だから見つけると二、三足まとめて買って、腰にぶら下げて歩いたとも述べている。股引・脚絆に草鞋履きは、当時すでに時代遅れになっていた。しかし、牧水は自分のスタイルで押し通した。

腰の黒い袋を「合財袋《がっさいぶくろ》」と称していた。一切合財を収めているからだ。では、そこには何が入っていたのか？　この点でも旅をかさねるうちに、いろいろ工夫したにちがいない。余計なものは何一つ持っていかない。できるだけ少ないものですます。どんなに少ない持ち物で生きていけるか、旅はそれを試す場である。

必ず持っていったものが二つあった。時間表と地図である。牧水には旅人というより漂泊者のイメージがあり、気ままなさすらいの途上に歌を詠んだとされている。自分でもそんなふうに語り、さすらいを歌に託した。しかし、紀行文がこの上なく率直に告げている。

「そう言ってる間にいよいよ上州行に心が決って汽車の時間表を黒い布の合財袋から取り出した。」（「山上湖へ」）

旅の名人はあてもなくとび出したりしないのだ。旅程がはっきり頭にあってこそ気ままな漂泊ができる。地図は草鞋とともに、もう一人の無二の友であって、何かあるとこの友人に相談した。

枯草に腰をおろして
取り出《いだ》す参謀本部
五万分の一の地図

かつてわが国の山野はすべて陸軍参謀本部の監視のもとにあり、地図もまたここが一手につくっていた。

路は一つ
間違へる事は無き筈
磁石さへよき方をさす

牧水はちゃんと磁石も袋に入れていた。

大悟法《だいごぼう》利雄は若くして牧水に入門し、たえず師の動静を見守っていた人である。そんなことから、しばしば質問を受けた。牧水は一体、生涯にどれほど旅をしたのだろう？そこで旅行年譜をつくるかたわら、日数を計算してみたという。概算と断った上であげているところによると、一生の旅行日数は千七百四十二日。年数にして五年たらずで、牧水の生涯の約九分の一にあたる。大学を出て社会人になってからだと千四百十五日で、年数をあてはめると約五分の一に相当する。

ついでながら旅の歌も数えてみたそうだ。生前の歌集採録の六千八百九十八首のうち、旅中の歌は二千二百八十六首、全作品の約三分の一である。とすると、実際よりもむしろ作品が旅人牧水のイメージを定めたことになる。

その大悟法利雄作成による「牧水旅行年譜」は明治三十一年(一八九八)三月、母と義兄につれられ、金比羅《こんぴら》参《まい》りと大阪見物をしたことからはじまっている。ときに牧水十三歳。郷里の宮崎県東郷村を出てから二週間あまり。生まれてはじめての長い旅だった。つづいて中学の修学旅行や、早稲田大学に進んでからの上京、帰省はあるが、旅らしい旅はない。

明治四十年(一九〇七)、大学を出る前年だが、六月二十二日に帰省の途についてのち、岡山、宮島、中国地方であちこち寄り道をした。九州に入ってからも耶馬渓《やばけい》を訪ねたりして、家に着いたのが七月二十四日。ひと月あまりをかけた。この旅中につくったのが、有名な「幾山河越えさり行かば寂しさのはてなむ国ぞけふも旅ゆく」。漂泊者牧水を決定づけた歌は郷里へもどる道すがらにできた。生涯の代表作を二十二歳の青年がつくってしまった。

大学卒業後、新聞社に勤めていたので、しばらく旅ができなかった。やがて歌人として独立、二十五歳のとき、九月はじめに東京を出て、二カ月あまり信州を歩いた。漂泊のはじまりである。しかし、すぐに結婚や父の死があって、遠出がままならない。

本格的な牧水の旅がはじまるのは三十歳をこえてからである。「牧水旅行年譜」から長めの旅を抜き書きすると、つぎのとおり。

大正五年（一九一六）　三十一歳

三月十四日出発、宮城、岩手、青森、秋田、福島と東北各県を旅行し、五月一日帰宅。

大正六年（一九一七）　三十二歳

八月三日出発、秋田の歌会に出て後、酒田に遊び、汽船で新潟に出て、長野、松本、其他に遊び、十六日帰京。

大正七年（一九一八）　三十三歳

五月八日出発、浜松、京都に遊び、十八日から二十四日まで比叡山上の山寺に籠り、更に大阪、奈良、和歌山其他を経て和歌の浦から乗船、熊野勝浦、奈智に遊び、鳥羽、伊勢、名古屋を経て六月十日帰京。

十一月十二日出発、上州伊香保から沼田を経て利根川上流地方に遊び、更に信州松本附近に遊び、二十九日帰京。

以後は滞在の長短をとわず毎月のように出かけている。犬吠岬、信州、上州磯部鉱泉、榛名山、水郷、九十九里浜、沼津、伊豆、秩父、木曾、富士山麓、箱根、田子の浦、興津、高松、京都……。

大正十一年（一九二二）　三十七歳

十月十四日出発、信州・上州から金精峠を越えて日光中禅寺方面に遊び、十一月五日帰宅。

この旅が「みなかみ紀行」を生んだ。

翌十二年は一月、伊豆土肥《とい》温泉。四月、伊豆長岡、湯ヶ島滞在。六月、再び長岡温泉。七月、三河の鳳来寺山。八月八日から九月二日まで伊豆古宇海岸。

十月二十八日出発、御殿場から籠坂峠を越えて甲州に入り、八ヶ岳山麓の高原を経て信州に入り、松原湖、千曲川上流に遊び、更に十文字峠を越えて、秩父地方に遊び、十一月十三日帰宅。

「木枯紀行」となったものだ。年譜では旅の記録の作法どおり、「千曲川上流に遊び」

などとあるが、実際はタイトルにある「木枯」が暗示するように、身も心も凍りつくような凄絶《せいぜつ》な旅だった。

牧水は水が好きだった。水への思慕に似た気持を何度となく語っている。おのずと水のはじまり、源流に対して特別の思いがあった。旅に出ると、きまって川をさかのぼり峠に行きつく。水源であって、峠を越えれば、またべつの水源があるからだ。

「旅行年譜」の大正七年、十一月十二日出発とあったのは利根川の源流をめざした旅だった。この間の作品が歌集『くろ土』に収めてあるが、そこには「十一月半ば上野国利根川の水上《みなかみ》を見むとて清水越の麓湯檜曾《ゆびそ》までゆく。其処《そこ》よりは雪深くして行き難かりき、路すがら歌へる歌」と添えてある。

出たのが遅すぎた。十一月の上州山塊はすでに冬である。湯檜曾まではなんとか行ったが、奥の山々は恐ろしげに雪をかぶっており、心細くなって引き返した。

四年後に書かれた「みなかみ紀行」は、十月十四日出発となっている。信州佐久で開かれる歌会出席のためだったが、ひそかに本来の目的があった。四年前にはたせなかった水源旅行であって、歌会のあと上州へ廻り、あらためて水源へとさかのぼる。利根川の支流の一つが吾妻川《あがつま》で、べつの一つが片品川《かたしな》だ。川をどこまでもさかのぼれば、夢のみなかみにたどりつく——。

しかし、すぐには向かわない。牧水の紀行記の楽しいところだ。理由もなくグズグズしている。旅の目的をめざしながら、その当人が早々と行きつくことを厭がっているかのようだ。ちょうど水のように、まっすぐ流れず、よどんだり、渦巻いたり、ときには逆流したりする。

歌会のあと、歌仲間と信州の沓掛《くつかけ》から星野温泉で一泊。仲間と酒を飲みながら、牧水は旅程を思案した。

「そこで早速頭の中に地図をひろげて、それからそれへと条《すじ》をつけて行くうちにいつか明瞭に順序がたって来た。」

諳《そら》んじるほど頭に地図を入れていたことが見てとれる。

軽井沢のソバ屋であらためて盃を交わし、きれいに右と左へ別れるはずが、午後遅くなったというのにグズグズしている。破れ障子の隙間から裏木戸のところに積んである薪が見え、それに夕日が射し落ちていた。

「それを見ていると私は少しずつ心細くなって来た。」

旅にある者の心情が、これ以上ないほどあざやかにつづってある。破れ障子からのぞいた日常の風景と晩秋の陽ざしが、しみるような孤独感をかきたてたのだ。牧水は仲間の一人に声をかけた。どうかね、キミ、少しつき合わないか——。何げなさそうに声をかけたつもりだが、その声と表情に本心がにじんでいたのだろう。かたわらの一人が即座に言った。

「エライことになったぞ、しかし、行き給い、行った方がいい、この親爺《おやじ》さん一人出してやるのは何だか少しかわいそうになって来た。」

その夜は嬬恋《つまごい》駅前の宿で一泊。翌日は川原湯まで六里の道を歩くはずだったが、朝から雨。草津行のバスがあると聞いて再び旅程を変更。旅なれた人は気軽にプランを取り換える。

草津で一泊。翌朝は快晴。いそいそと草鞋をはいて沢渡《さわたり》に向かった。

上野《かみつけ》の草津の湯より
沢渡《さわたり》の湯に越ゆる路
名も寂し暮坂《くれさか》峠

気軽に旅程を取り換えたおかげで、人口に膾炙《かいしゃ》した名詩が生まれた。

途中で異様な風景と出くわした。見渡すかぎり木々が立ち枯れている。自然に枯れたのではなく、根のまわりを伐《き》って水気をとめ、さらに根かたの幹の皮を剝《は》ぎとっている。どれもナラの大木ばかり。

落葉樹のナラを根絶《ねだ》やしにしてカラマツ林をつくる。そんな名目の国営事業が進行中。白々と突っ立った古木の列を悼《とむら》うようにススキの穂も枯れほうけていた。

牧水は晩年、沼津の千本松の伐採に反対して、わが国最初のエコロジー運動を起こした。このとき目にした死の森の印象があずかっていたかもしれない。怒りと悲しみを吐き出すようにして、一気に十二首を詠んでいる。そのまま沢渡に向かうはずが、「左花《はな》敷《しき》温泉」の道標を目にしたとたん、沢渡はとりやめて花敷に向かった。おそらく枯れはてた木々と枯れススキのなかを進んでいて、歌人牧水には「花敷」の文字が救いのように思えたのではなかろうか。

さらに寄り道をして法師温泉に泊っていたところ、見知らぬ若者が二人、一升壜をさげて訪ねてきた。その出会いがおかしいのだ。一人は牧水の最新歌集『くろ土』をもっており、口絵の写真と入念に見くらべてから、おもむろに言った。

「やはり本物に違いはありませんねエ。」

歌集につけられた肖像写真が作者証明の役割をもっていたことがわかるのだ。名のみ知られていても実物をたしかめる手段がなかったのをいいことに、歌人や俳人のニセモノが徘徊していた。しかつめらしく名のりをあげて無銭飲食、さらに旅の駄賃と小遣いを巻き上げていたらしいのだ。

念願の水源にとりつくのは、東京を出発後、ようやく二週間してからである。丸沼から菅沼、長い坂の終わりは平らな林になっていて、その一角に水がムクムクと盛り上がっていた。丸沼や菅沼の源流であって、とりもなおさず片品川、そして利根川の水源である。牧水はすぐさま水に踏みこみ、切れるように冷たいのを掌に掬《く》んで「手を洗い顔を洗い、頭を洗い、やがて腹のふくるるまでに貪《むさぼ》り飲んだ」というのだが、子供のように水と戯れているさまが目に浮かぶ。「みなかみ紀行」は水源紀行以上に、若山牧水という人物の水源をあまさず示しているのである。

何が牧水を旅へと誘ったのだろう? まず歌人としてのたしなみがあった。西行法師の昔から詩歌の人、また文人には旅がつきものだった。「万巻の書を読み、万里の道を歩む」の約束であって、本を読まないと、また旅をしないと人間が卑しくなる。

具体的な理由もあった。歌誌を主宰していると、各地で歌会が開かれる。主宰者は足まめに出席しなくてはならない。歌をつくる人々のあいだには、ひそかなネットワークといったものがあったようだ。歌誌の消息欄に旅の予定がしるしてあって、その地方の同人たちが、いまや遅しと待っている。

「みなかみ紀行」にも、そのことが見てとれる。四万《しま》温泉でひどい目にあい、渋川で同行してくれた人と別れ、牧水はまた一人になった。局留めにしていた郵便物を受けとりに郵便局に寄ったところ、係の人に宿を問われて、へんに思いながら告げたところ、その夜、郵便局から教えられたといって四人が宿に訪ねてきた。

「いま自転車を走らせましたから押っ附けU―君も此処《ここ》へ見えます。」

貧しい生活のなかで「歌」がもっていた意味が、まざまざとうかがえる。田舎にいて語り合える相手もいない。ひとり歌をつくっている。自分の加わっている歌誌が世界へ開いた唯一つの窓だった。牧水はそのような歌仲間たちをいとおしんだ。からだが不調であっても無理を承知で出かけていった。

「親しい友と久し振《ぶり》に、しかもこうした旅先などで出逢って飲む酒位《くらい》うまいものはあるまい。」
（「木枯紀行」）

富士の樹海をトボトボと歩いてきた。峠を下り、運よく乗合馬車に行きあわせ、長い道を揺られてきた。待ち受けてくれていた歌の友がひときわうれしい。

「サテ相対して盃を取ったのである。飲まぬ先から心は酔うていた。」

牧水の酒好きは天下に聞こえているが、単なる飲み助ではなかったのである。旅先での万感迫る思いがあった。うれしさ半分、テレくささ半分、盃のやりとりが気持を伝えあう作法であれば、酒量が増すのもやむを得ない。

歌だけで牧水を知っている人は、紀行を読んで驚くのではあるまいか。「幾山河越えさり行かば……」が帰省の途中にできたように、孤絶感にみちた歌の多くが、同行者のかたわらでつくられた。

　木枯の過ぎぬるあとの湖をまひ渡る鳥は樫鳥《かしどり》かあはれ
　声ばかり鋭き鳥の樫鳥ののろのろまひて風に吹かるる
　はるけくも昇りたるかな木枯にうづまきのぼる落葉の渦は

凄《すさ》まじい木枯のなかの連作だが、紀行文に見るとおり、まわりに仲間がいた。「今日は歌を作ろうとて皆むつかしい顔をすることになった」、そのあげくに生まれた。

ほんとうに孤絶していれば誰も歌などつくらない。思いを伝えたい人、見せたい人がかたわらにいてこそ歌になる。牧水にとって歌づくりの旅でもあれば、彼は作品の生まれる生理といったものをよく知っていた。

　ひとつづつ食ふ
　くれなゐの
　酸《す》っぱき梅干

水あたりをしないように朝ごと一つ梅干を食べたように、牧水は歌の生まれる条件というものを、出発前からそれとなく準備していた。

しかしながら牧水の旅は、そういった理由だけでは理解しきれない。「木枯紀行」のもとになった大正十二年の旅は、大悟法利雄作成の「旅行年譜」では、「十月二十八日出発、御殿場から籠坂峠を越えて甲州に入り……」ときて、八ヶ岳山麓、松原湖、千曲川上流、「更に十文字峠を越えて秩父地方に遊び、十一月十三日帰宅」とあるものだが、牧水自身がべつのところに述べているので補うと、おおよそつぎのとおり(「草鞋の話、旅の話」)。

「富士の裾野の一部を通って、いわゆる五湖を廻り、甲府の盆地に出《い》で、汽車で富士見高原に在る小淵沢駅までゆき、其処から念場が原という広い広い原にかかった。」

見渡すかぎり広茫とした原野であって、そこをテクテクと歩いていく。松原湖畔の宿で、とてつもない木枯を体験した。牧水によると、大原野にしか見られない猛烈な風だった。

そこから千曲川に沿って下り、御牧が原を横断、千曲川の上流にたどりつき、源流にまで入りこんだ。水源林にあたるのが十文字峠で、「上下七里の間、一軒の人家をも見ず、ただ間断なくうち続いた針葉樹林の間」だった。

峠を下りつくしたところを栃本といって、秩父の谷の最奥にあたり、荒川、隅田川の水源でもある。栃本で一泊して三峰山の裏口から登りつめ、表口に下り、さらに川をさかのぼって落合村というところに来た。

「かくして永い間の山谷の旅を終り、秩父影森駅から汽車に乗って、その翌日の夜東京に出た。」

留守の間に子供が脚にケガをして入院するという事態があり、細君から苦情が出た。いつ、どこに出るという予定表を置いていってもらうか、行く先々から電報でも打ってもらわないと家の者はやりきれない――。

牧水は弁明している。自分は健脚家といわれる者ではなく、登山家でも冒険家でもない。無理な旅はしたくない。「出来るだけ自由に、気持よく、自分の好む山河の眺めに眺め入りたいためにのみ出かけて行くので、行くさきざきどんな所に出会うか解らぬ間は、なかなか予定など作れないのである。」

遠慮して述べただけであって、むろん、牧水は言いたかっただろう、予定表どおりに消化する旅など旅の名に値しない。だから弁明の終わりに呟くように書き添えている。

「つくづく寂しく、苦しく、厭《いと》わしく思う時がある。何の因果《いんが》でこんなところまでてくてく出懸けて来たのだろう、とわれながら恨めしく思わるる時がある。

それでいてやはり旅は忘れられない。やめられない。これも一つの病気かもしれない。」

旅への誘いは牧水にとって自分にも扱いかねるものだった。やむなくそれを「寂しさ」「一つの病気」などと名づけて釈明した。当人にも扱いかねるものであれば、どうして他人に伝えられよう？

おそらく牧水には、移動のなかにこそ自分の本質がある、といった思いがあっただろう。一つ所での平穏無事は死にいたるのだ。おりにつけ、夜ごとにちがった寝床に眠るときがないと窒息する。それが病であり、異常だとすれば、健康とは何か、正常とは何であるか。もし牧水がダーウィンの『人間の由来』を読んでいれば、手を打ってよろこんだにちがいない。ダーウィンはそのなかで、ある種の鳥においては渡りの衝動が母性本能よりも強いことを述べている。

「母鳥は南へ向かう長い旅の出発時期を逃すよりは、巣のなかのひなを捨てる方をとる。」

牧水自身は意識していなかっただろうが、彼は西欧の文芸学の一つのテーマである「アンニュイ」ということ——人生を見舞う退屈の時——ボードレールが『パリの憂鬱』のなかでうたいあげたあの精神を、みずからに過分なほどおびていたのではあるまいか。それを「寂しさ」と名づけ、「寂しさのはてなむ国」をめざすようにして旅に出た。

あるいは、はっきりと意識していたかもしれない。弟子の大悟法利雄が述べているところによると、牧水が学生時代から晩年まで愛誦していた詩があって、それは永井荷風訳ボードレールの「旅」の一節だったという。

　行かむがために行く者こそまことの旅人なれ
　心は気球の如くに軽く

身は悪運の手より逃れ得ず
何の故とも知らずして
ただ行かむかな行かむかなと叫ぶ

荷風訳そのままではなく、少し自己流に変えて暗誦していた。とすると「何の故とも知らずしてただ行かむかな」と呟いて立ち上がるとき、足は気球のごとくに軽かったはずである。人はつい見落しがちだが、若山牧水は世紀末詩人の憂愁を生きていた。その旅の歌がしみるように人をとらえ、いつまでも古くならない理由でもある。股引に脚絆、草鞋姿のこの旅人は、近代人のもっとも微妙な感性をもっていた。

所収単行本一覧

枯野の旅　『樹木とその葉』（一九二五年二月　改造社）
津　軽　野　『海より山より』（一九一八年七月　新潮社）
山上湖へ　『比叡と熊野』（一九一九年九月　春陽堂）
水郷めぐり　『静かなる旅をゆきつつ』（一九二一年七月　アルス）
吾妻の渓より六里が原へ　『静かなる旅をゆきつつ』
みなかみ紀行　『みなかみ紀行』（一九二四年七月　書房マウンテン）
空想と願望　『樹木とその葉』
信濃の晩秋　『静かなる旅をゆきつつ』
白骨温泉　『みなかみ紀行』
木枯紀行　単行本未収
熊野奈智山　『比叡と熊野』
沼津千本松原　単行本未収

〔編集付記〕

一、本書編集に際しては、沼津市若山牧水記念館および沼津牧水会理事長林茂樹氏の御協力をいただいた。
一、底本には、雄鶏社刊『若山牧水全集』第五―八巻(一九五八年六―一一月)を用いた。
一、本文中、今日からみれば不適切と思われる表現があるが、時代背景と作品の歴史的価値を考え、原文通りとした。
一、次頁の要項にしたがって表記をあらためた。

岩波文庫（緑帯）の表記について

近代日本文学の鑑賞が若い読者にとって少しでも容易となるよう、旧字・旧仮名で書かれた作品の表記の現代化をはかった。そのさい、原文の趣をできるだけ損なうことがないように配慮しながら、次の方針にのっとって表記がえをおこなった。

㈠ 旧仮名づかいを現代仮名づかいに改める。ただし、原文が文語文であるときは旧仮名づかいのままとする。

㈡ 「常用漢字表」に掲げられている漢字は新字体に改める。

㈢ 漢字語のうち代名詞・副詞・接続詞など、使用頻度の高いものを一定の枠内で平仮名に改める。

㈣ 平仮名を漢字に、あるいは漢字を別の漢字にかえることは、原則としておこなわない。

㈤ 振り仮名を次のように使用する。

(イ) 読みにくい語、読み誤りやすい語には現代仮名づかいで振り仮名を付す。

(ロ) 送り仮名は原文どおりとし、その過不足は振り仮名によって処理する。

例、明に↓明《あきらか》に

（岩波文庫編集部）

新編　みなかみ紀行《きこう》

2002年3月15日　第1刷発行
2024年4月15日　第12刷発行

著　者　若山牧水《わかやまぼくすい》

編　者　池内《いけうち》 紀《おさむ》

発行者　坂本政謙

発行所　株式会社　岩波書店
〒101-8002　東京都千代田区一ツ橋2-5-5
案内　03-5210-4000　営業部　03-5210-4111
文庫編集部　03-5210-4051
https://www.iwanami.co.jp/

印刷・三陽社　カバー・精興社　製本・中永製本

ISBN 978-4-00-310522-1　　Printed in Japan

読書子に寄す

——岩波文庫発刊に際して——

岩波茂雄

真理は万人によって求められることを自ら欲し、芸術は万人によって愛されることを自ら望む。かつては民を愚昧ならしめるために学芸が最も狭き堂宇に閉鎖されたことがあった。今や知識と美とを特権階級の独占より奪い返すことはつねに進取的なる民衆の切実なる要求である。岩波文庫はこの要求に応じそれに励まされて生まれた。それは生命ある不朽の書を少数者の書斎と研究室とより解放して街頭にくまなく立たしめ民衆に伍せしめるであろう。近時大量生産予約出版の流行を見る。その広告宣伝の狂態はしばらくおくも、後代にのこすと誇称する全集がその編集に万全の用意をなしたるか。千古の典籍の翻訳企図に敬虔の態度を欠かざりしか。さらに分売を許さず読者を繋縛して数十冊を強うるがごとき、はたしてその揚言する学芸解放のゆえんなりや。吾人は天下の名士の声に和してこれを推挙するに躊躇するものである。このときにあたって、岩波書店は自己の責務のいよいよ重大なるを思い、従来の方針の徹底を期するため、すでに十数年以前より志して来た計画を慎重審議この際断然実行することにした。吾人は範をかのレクラム文庫にとり、古今東西にわたって文芸・哲学・社会科学・自然科学等種類のいかんを問わず、いやしくも万人の必読すべき真に古典的価値ある書をきわめて簡易なる形式において逐次刊行し、あらゆる人間に須要なる生活向上の資料、生活批判の原理を提供せんと欲する。この文庫は予約出版の方法を排したるがゆえに、読者は自己の欲する時に自己の欲する書物を各個に自由に選択することができる。携帯に便にして価格の低きを最主とするがゆえに、外観を顧みざるも内容に至っては厳選最も力を尽くし、従来の岩波出版物の特色をますます発揮せしめようとする。この計画たるや世間の一時の投機的なるものと異なり、永遠の事業として吾人は微力を傾倒し、あらゆる犠牲を忍んで今後永久に継続発展せしめ、もって文庫の使命を遺憾なく果たさしめることを期する。芸術を愛し知識を求むる士の自ら進んでこの挙に参加し、希望と忠言とを寄せられることは吾人の熱望するところである。その性質上経済的には最も困難多きこの事業にあえて当たらんとする吾人の志を諒として、その達成のため世の読書子とのうるわしき共同を期待する。

昭和二年七月

岩波文庫の最新刊

網野善彦著
日本中世の非農業民と天皇（上）

山野河海という境界領域に生きた中世の「職人」たちの姿を通じて、天皇制の本質と根深さ、そして人間の本源的自由を問う、著者の代表的著作。（全二冊）
〔青N四〇二-二〕　定価一六五〇円

エーリヒ・ケストナー作／酒寄進一訳
独裁者の学校

大統領の替え玉を使い捨てにして権力を握る大臣たち。政変が起きるが、その行方は…。痛烈な皮肉で独裁体制の本質を暴いた、作者渾身の戯曲。
〔赤四七一-三〕　定価七一五円

ラインホールド・ニーバー著／千葉　眞訳
道徳的人間と非道徳的社会

個人がより善くなることで、社会の問題は解決できるのか。二〇世紀アメリカを代表する神学者が人間の本性を見つめ、政治と倫理の相克に迫った代表作。
〔青N六〇九-一〕　定価一四三〇円

トマス・アクィナス著／稲垣良典・山本芳久編／稲垣良典訳
精選　神学大全2　法論

トマス・アクィナス（一二二五頃-一二七四）の集大成『神学大全』から精選。2は人間論から「法論」、「恩寵論」を収録する。解説＝山本芳久、索引＝上遠野翔。（全四冊）
〔青六二一-四〕　定価一七一六円

……今月の重版再開……

高浜虚子著
立子へ抄
—虚子より娘へのことば—

定価一二二一円
〔緑二八-九〕

喜安　朗訳
フランス二月革命の日々
—トクヴィル回想録—

定価一五七三円
〔白九-一〕

岩波文庫の最新刊

ゲルツェン著／長縄光男訳

ロシアの革命思想
—その歴史的展開—

ロシア初の政治的亡命者、ゲルツェン(一八一二―一八七〇)。人間の尊厳と言論の自由を守る革命思想を文化史とともにたどり、農奴制と専制の非人間性を告発する書。

〔青N六一〇-一〕 **定価一〇七八円**

ラス・カサス著／染田秀藤訳

インディアスの破壊をめぐる賠償義務論
—十二の疑問に答える—

新大陸で略奪行為を働いたすべてのスペイン人を糾弾し、先住民に対する賠償義務を数多の神学・法学理論に拠り説き明かし、その履行をつよく訴える。最晩年の論策。

〔青四二七-九〕 **定価一一五五円**

岩田文昭編

嘉村礒多集

嘉村礒多(一八九七―一九三三)は山口県仁保生れの作家。小説、随想、書簡から選んだ。己の業苦の生を文学に刻んだ、苦しむ者の光源となる同朋の全貌。

〔緑七四-二〕 **定価一〇〇一円**

網野善彦著

日本中世の非農業民と天皇（下）

海民、鵜飼、桂女、鋳物師ら、山野河海に生きた中世の「職人」と天皇の結びつきから日本社会の特質を問う、著者の代表的著作。(全二冊、解説＝高橋典幸)

〔青N四〇二-三〕 **定価一四三〇円**

ヘルダー著／嶋田洋一郎訳

人類歴史哲学考（三）

第二部第十巻―第三部第十三巻を収録。人間史の起源を考察し、風土に基づいてアジア、中東、ギリシアの文化や国家などを論じる。(全五冊)

〔青N六〇八-三〕 **定価一二七六円**

……今月の重版再開……

池上洵一編

今昔物語集 天竺・震旦部

〔黄一九-一〕 **定価一四三〇円**

清水三男著／大山喬平・馬田綾子校注

日本中世の村落

〔青四七〇-一〕 **定価一三五三円**